Planeta Renegado (libro 4)

J.N. Chaney

Planeta Renegado

Libro 4

Traducción de Jesús Gómez Gutiérrez

Podium

Planeta Renegado - Libro 4

Translated by Jesús Gómez Gutiérrez

Original title: *Renegade Lost*

Original language: English

Copyright © 2018, 2022 J.N. Chaney and SAGA Egmont

All rights reserved

ISBN: 978-1-0394-6094-2

1st edition

www.podiumentertainment.com

Para mi padre, que me enseñó a trabajar.

Planeta Renegado (libro 4)

Capítulo 1

—Entrando en la atmósfera —informó Sigmond—. Prepárense para unas leves turbulencias.

Yo estaba sentado en el puente, viendo cómo entraba la Estrella Renegada en la capa superior de la estratosfera de un planeta desconocido que estaba en mitad de ninguna parte. Si las circunstancias hubieran sido distintas, quizás habría pasado de él: estaba cubierto de hielo y nieve, y no parecía que hubiera nada de verdadero valor en la superficie.

Sin embargo, acababa de recibir una transmisión en la que se me advertía de que me mantuviera lejos, porque aquel mundo pertenecía a la Tierra, el hogar perdido de la humanidad; un sitio que, durante mucho tiempo, me pareció un cuento de los que se narran a los niños antes de dormir. Eso fue antes de que conociera a Abigail, Lex, Freddie y Atenea… antes de que descubriera una luna portátil que también podía hacer las veces de superarma. En los últimos días, había visto tantas pruebas de la existencia de la Tierra como para reescribir por completo los libros de historia. No es que yo quisiera ese trabajo; no era ni un académico ni un historiador; no me interesaba cambiar el estado de la galaxia o las creencias de nadie. Solo era un renegado que intentaba sobrevivir y mantener su tripulación a salvo.

Mientras mi nave proseguía su descenso, oí que la puerta del puente se abría a mis espaldas. Era Abigail, que entró a toda prisa.

—¿Vamos a bajar al planeta? —preguntó.

Al parecer, había visto la atmósfera por la ventanilla y se había preocupado. No me extrañó su confusión. Yo había adoptado la decisión de investigar la transmisión en el último momento, y no me había tomado la molestia de consultárselo.

—Siéntate —dije, invitándola con la mano—. Tenemos una *situación*.

Ella se sentó sin ni tan siquiera intentar discutir y clavó la vista en la imagen holográfica de la consola, que mostraba la disposición topográfica de todo el continente.

—Escucha esto —espeté, dando un golpecito a la consola.

Volví a poner la transmisión y me recosté en el asiento. La voz de la misteriosa mujer llenó el puente de mando: «Atención, este mundo es propiedad de la Tierra. En virtud del tratado de colonización vigente, todas las naves en tránsito deben evitar la órbita si no quieren sufrir los efectos de la red defensiva».

Abigail se giró hacia mí con los ojos muy abiertos.

—¿Esto es real? —preguntó.

—Eso parece —contesté, cortando la señal—. Lo descubriremos pronto.

—O no —replicó ella—. Esa mujer estará muerta, ¿no crees? Puede que bajemos para nada.

—¿Quieres que dé la vuelta? —cuestioné, sabiendo lo que iba a decir.

Ella guardó silencio durante unos instantes y, a continuación, sacudió la cabeza.

—No, veamos qué es.

Yo asentí, satisfecho. Abby no era tonta. Cualquier cosa relacionada con la Tierra merecía ser investigada, por fútil que pareciera. Los dos lo sabíamos. Si Titán no aparecía —algo ciertamente posible—, tendríamos que encontrar la forma de salir de allí por nuestros propios medios. Quizás halláramos respuestas en aquel planeta. Quizá diéramos con las piezas para arreglar el motor de deslizamiento. En cualquier caso, quedarnos sentados en el espacio esperando a que nos rescataran no era una opción admisible. No para nosotros. No éramos de los que se cruzan de brazos.

La tormenta de nieve había empeorado cuando atravesamos las nubes y nos acercamos a la superficie. Mis ventanillas se habían llenado de escarcha con tanta rapidez que pensé que nos enterraría antes de que tomáramos tierra.

Cuando por fin aterrizamos, la fuerza del viento había aumentado considerablemente, y yo supe que no podríamos empezar nuestra investigación hasta que amainara.

Solté un suspiro pesado.

—Supongo que tendremos que esperar —di un golpe a mi Foxy Stardust cabezón y vi cómo rebotaba—. De momento, será mejor que descansemos. Los dioses saben que lo necesito.

El olor procedente de la cafetera llenó la estancia con un aroma tan intenso que tuve ganas de sonreír.

Me serví una copa y olí el delicioso brebaje. Habría estado bien que su sabor estuviera a la altura de su olor, pero esa cafetera había salido de una nave de la Unión. Yo llevaba días queriendo sustituir el maldito trasto; pero, entre tantos combates y huidas, no había tenido ocasión. Además, Titán tenía sus propios dispensadores de comida, y la cafetería hacía un trabajo decente con la producción de café artificial. Me acostumbré a él, y pospuse la idea de cambiar de cafetera. Quise pegarme una bofetada por ser tan vago.

«Todo a su momento», pensé, mirando la turbulenta bebida que tenía en la mano. «Primero, investigaremos esa transmisión, y luego encontraremos una forma de salir del sistema y conseguir una cafetera nueva».

—¿Qué estás haciendo, Jace? —preguntó Abigail, que aparentemente me había estado observando.

Yo me mofé de su pregunta.

—¿A ti qué te parece? Hacer café.

—Pues yo diría que estás perdiendo el tiempo —declaró.

—Solo un tonto pensaría que la cafeína es una pérdida de tiempo —dije, dándole la espalda.

Freddie entró en la sala en ese momento, procedente de la sala de máquinas.

—¿Alguien ha hecho café? —quiso saber.

—Sírvete una taza —ofrecí, apartándome de la cafetera—. Yo ya me he servido una.

Sus ojos se iluminaron.

—¿No te importa?

Dressler estaba justo detrás de él. Yo la miré mientras ella avanzaba en silencio, sin decir nada. Técnicamente, seguía siendo mi prisionera… ¿O era una rehén? ¿O una invitada? Ya no recordaba el término exacto.

Fuera como fuera, Dressler estaba allí y, aunque yo no sabía qué hacer con ella, tendría que decidirlo pronto.

—Doc —afirmé, asintiendo.

—Renegado —replicó ella, menos hostil de lo que yo esperaba—. ¿Me puede decir por qué hay una tormenta de nieve en el exterior, en lugar de la oscuridad del espacio?

—Ah, eso —tomé un sorbito de café. Sabía espantoso, pero fingí no darme cuenta—. Recibimos una transmisión y decidimos investigar.

—¿Y qué pasa con sus amigos? ¿No deberíamos esperar a que nos encuentren? —planteó.

—¿Quiere que me siente y espere con las manos en los bolsillos? ¿Esa es su forma habitual de solucionar los problemas?

Dressler me fulminó con la mirada.

—Yo no dicho que no haga nada; pero no creo que bajar a un planeta sin un plan de acción sea la mejor forma de aprovechar nuestro tiempo. Deberíamos concentrarnos en reparar el motor de deslizamiento.

—Eso es exactamente lo que quiero que haga —confirmé yo—. Bueno, Fred y usted. Alguien tiene que supervisar el trabajo.

—¿Le preocupa que intente sabotear la nave? —preguntó, cruzándose de brazos—. ¿O que envíe una señal de auxilio a la Unión, quizá?

Guardé silencio durante unos instantes y dije:

—No lo había pensado hasta ahora, pero me lo empiezo a preguntar.

—Dressler no haría eso —intervino Freddie.

—¿Cómo diablos lo sabes? —pregunté.

Freddie dudó y miró a la doctora en busca de ayuda.

—No lo haría porque nos pondría a todos en peligro —afirmó Dressler.

—En eso tiene razón —observó Abigail.

Freddie asintió.

—Exactamente. Si se pone en contacto con la Unión, dispararían a nuestra nave aunque ella esté a bordo.

—A diferencia de usted, capitán Hughes, yo tengo aprecio a mi vida —dijo Dressler, que se giró y se alejó hacia la sala de máquinas a grandes zancadas. Cuando llegó a la puerta, lanzó una mirada por encima del hombro—. ¿Me acompaña, señor Tabernacle?

Freddie se despabiló al oír su apellido.

—Ah, sí —pronunció, y la siguió.

Yo esperé a que salieran y no dije nada hasta estar seguro de que ya no podían oírnos.

—¿Qué piensas tú? —pregunté, girándome hacia Abigail.

—¿Sobre qué?

—Sobre la doctora. ¿Crees que podemos confiar en ella?

—No deberíamos confiar en nadie, pero dudo que haga algo que ponga en peligro su propia vida. No es ni un soldado ni una espía.

Yo asentí.

—Siggy, sigue monitorizando las reparaciones, y avísame cuando los motores vuelvan a estar operativos.

—Sí, señor —dijo Sigmond, hablando por mi auricular.

—Saldremos en cuanto pase la tormenta —anuncié.

Miré a Abigail y tomé otro sorbo de café. Esta vez, me estremecí abiertamente ante su amargo sabor.

Abby estiró el brazo, me quitó la taza de la mano y echó un trago.

—Estaré preparada.

Capítulo 2

La tormenta no se llegó a ir; solo amainó hasta convertirse en un constante goteo. Seguía nevando y, según los informes de Sigmond, no dejaría de nevar en unos cuantos días. Pero era la mejor noticia que me podían dar, porque significaba que por fin podíamos salir de la nave y buscar la fuente de aquella transmisión.

Yo estaba sentado en mi camarote, poniéndome la chaqueta más ancha que tenía, unas mallas acolchadas y un gorro de nieve. Eran prendas especialmente diseñadas para climas fríos, con un sistema interior de calefacción que se ajustaría de forma regular a la temperatura de mi cuerpo. Algo útil cuando te pasas la vida de planeta en planeta. Nunca sabes con qué tipo de obstáculos te puedes topar. Mejor pasarse de precavido que no serlo en absoluto.

Me subí la cremallera de la chaqueta y salí de la habitación.

—¿Estás preparado? —preguntó Abigail, cuya voz llegó desde la sala común.

Alcé la vista en mi catre y la vi de pie, llevando la indumentaria que yo le había dado: un material ceñido al cuerpo desde el cuello hasta los dedos de los pies. Era más fino que el mío; tanto que me quedé sin habla. Y ella debió de darse cuenta, porque me miró con exasperación.

—No puedo creer que no tuvieras otra cosa —dijo al final, caminando hacia mí.

—Se ajusta a tu tipo de cuerpo —expliqué, y era verdad. El atuendo era adaptable, y lo podía llevar cualquiera, hombre o mujer. Se ajustaba a la silueta para regular mejor el calor interno, algo necesario en climas extremos.

—Ya —admitió, echando un vistazo por la ventanilla de la nave. La nieve caía suavemente—. ¿Preparado para salir?

—Si tú lo estás, yo lo estoy.

Ella dio un golpecito a la pistola que llevaba en el muslo.

—Veamos qué hay fuera.

Fuimos a la bodega de carga y abrimos la compuerta, por donde entró una ráfaga de viento frío. La nieve resbaló por la rejilla metálica de la compuerta y se derritió al instante.

—Odio el frío —musité mientras abría una de las taquillas para sacar un rifle.

—Tienes pinta de ser persona de playa —comentó Abigail.

—¿Has conocido alguna vez a alguien que no lo sea? —pregunté—. Una copa y una playa acogedora ganan a una tormenta de nieve cualquier día de la semana.

Bajamos por la rampa y salimos al blanco campo, donde dejábamos un agujero en la nieve cada vez que dábamos un paso. Me pregunté cuánto tiempo tardaría la tormenta en cubrir las huellas; en principio, y siendo tan constante, no mucho.

Me di un golpecito en el auricular y activé el comunicador.

—Siggy, ¿dónde están Dressler y Freddie?

—En la sala de máquinas, señor —respondió la IA.

—Abre un canal —ordené. Esperé el clic y, tras unos instantes, seguí hablando—. Fred, soy Hughes.

—¡Sí, señor! Te oigo alto y claro —corroboró Freddie.

—Nos vamos, y voy a ordenar un cierre de emergencia de la nave. Nadie podrá entrar o salir sin mi autorización. ¿Comprendido? Sentad vuestros culos hasta que volvamos.

—Comprendido —dijo él.

—Y vigila a Dressler. No la dejes sola.

—No me separaré de ella en ningún comento.

—¿Que no harás qué? —repitió Dressler, con algo de eco en su voz—. ¿Estás hablando con tu capitán? Dile que estoy haciendo lo que me ha pedido, y que deje de tratarme como…

Corté la comunicación.

—Siggy, activa el cierre de emergencia.

—Activando —dijo Sigmond—. Estrella Renegada asegurada. Enviando ubicación original de la transmisión. Buena suerte, señor. E intente no morir.

—Gracias, Siggy —repliqué, dando un paso en la nieve—. Lo mismo digo.

La capa de nieve era ancha y dura, y retrasaba nuestro avance más de lo previsto. A pesar de las almohadillas caloríficas de mi ropa, casi no podía soportar el gélido viento, que soplaba del este. Al cabo de diez minutos, ya se me habían entumecido las mejillas. Ardía en deseos de marcharme de allí.

Abigail parecía estar bien. Me estaba dejando rezagado, y no me gustó mucho. Quizá fuera por el aislamiento de su ropa, mejor que el mío, o quizá por haber pasado algún tiempo en climas parecidos en algún momento de su vida. En cualquier caso, me estaba dejando en mal lugar, y bien saben los dioses que yo no estaba dispuesto a aceptarlo.

Aceleré el paso y la alcancé.

—¿Por dónde seguimos? —preguntó cuando llegamos a la linde del campo.

El valle estaba rodeado de paredes de roca. El escáner de la zona parecía indicar la existencia de una red de galerías y, como mi panel de control decía que la señal procedía de un lugar situado delante y por debajo de nosotros, supe que no tendríamos más remedio que ir a por todas.

—Tendremos que encontrar un modo de entrar —dije, comprobando los sensores.

—¿Entrar dónde?

Señalé la pared.

—¿Estás de broma?

—Nunca bromeo con las cuevas —contesté.

La pared de roca se extendía hacia el norte y el sur. Elegí el norte y empecé a andar. Abigail hizo lo mismo y comenzamos a buscar una entrada.

Media hora después, nos topamos con una grieta por donde se podía pasar. Al principio era estrecha, pero luego se ensanchó entre las dos paredes y fue formando una pendiente que descendía.

—Espera, Jace —me advirtió Abigail, tocándome el hombro.

Me detuve y la miré.

—¿Qué pasa?

Ella clavó la vista en el suelo y yo miré a mis pies. El suelo, que estaba cubierto por una ancha capa de nieve, se había empezado a revelar a medida que bajábamos. Y fue entonces cuando vi lo que Abigail ya había visto: un tramo de escalera perfectamente tallada en la piedra, que desaparecía en las tinieblas.

—Por fin nos entendemos —dije yo.

—Vamos por buen camino —afirmó ella, con una leve sonrisa.

—Supongo que esto significa que este lugar estuvo habitado de verdad. O puede que todavía lo esté.

Yo levanté las manos, intentando dar miedo.

Ella alzó la vista al cielo y siguió caminando mientras yo me reía de mi propia broma.

Hice un escáner rápido y descubrí que ese camino nos llevaría directamente al origen de la señal. Como yo tenía experiencia, me pareció sospechosamente conveniente, pero no iba a discutir con una máquina. Aunque tampoco estoy en contra de ese tipo de cosas. Que se lo digan a Siggy.

Seguimos bajando, internándonos en la caverna. Los escalones brillaban por el agua helada, y yo supe que debía andar con cuidado si no quería resbalar y romperme el cuello.

A medida que nos acercábamos al fondo, el pasaje se abrió y la luz del exterior empezó a disminuir. Toqué mi pantalla y activé mi linterna. Abby hizo lo mismo en su muñeca. El corredor se iluminó, revelando unas paredes de piedra más lisas y un suelo más llano, de marcados bordes.

Abby y yo nos miramos.

—Sí, creo que vamos por buen camino —me dijo.

Yo asentí.

—La única duda que tengo es…

—¿Dónde está la gente? —me interrumpió.

Yo entrecerré los ojos.

—Ándate con cuidado o te dejaré aquí.

—Perro ladrador… —se burló ella, y me dedicó una sonrisita sin dejar de andar—. ¿Crees que seguirá alguien vivo?

—Si siguen vivos, serán muy desdichados.

Moví la linterna de un lado a otro, intentando encontrar alguna pista sobre lo que había pasado allí. Supuse que estábamos en el corredor exterior, probablemente lejos de las cosas de valor. Cabía la posibilidad de que encontráramos tumbas con cadáveres momificados, o quizás un búnker oculto, lleno de tecnología antigua, como la que habíamos descubierto en Épsilon, el planeta del original mapa estelar. Y qué diablos, también era posible que estuviéramos perdiendo el tiempo, pero no conseguía quitarme la sensación de que allí había un secreto… un tesoro enterrado bajo esa capa de hielo y nieve, perdido por el tiempo y las circunstancias.

Solo tenía que encontrarlo.

El túnel únicamente tardó veinte minutos en desembocar en una sala, aunque no era ni grande ni impresionante. De hecho, si no hubiera sido por las puertas y los muebles rotos, habría pensado que seguíamos en el corredor.

Moví la luz por la estancia, examinando lo que podía. No tenía ni idea de lo que estaba buscando, pero nunca se sabe lo que puedes encontrar si tienes los ojos bien abiertos.

Abby se detuvo un momento y escaneó la habitación, grabándolo todo. La mayoría de los muebles parecían viejos y estaban destartalados. Vi un sofá contra una pared, con grandes agujeros en los cojines; sopesé la idea de sentarme en él, pero supuse que se derrumbaría.

Junto al sofá había una mesita, a la que le faltaban dos patas.

En la mitad opuesta de la sala había una enorme mesa semicircular, de esquinas astilladas y agrietadas. El sillón de atrás se había marchitado de tal manera que solo quedaban unas cuantas piezas.

—¿Qué sería este sitio? —preguntó Abigail, provocando eco.

Miré detrás de la mesa, pero no encontré nada de valor. Solo había polvo y mugre.

—Si tuviera que aventurarme, diría que la sala de recepción.

—¿La recepción? —preguntó ella—. ¿Como en la consulta de un médico?

Yo me encogí de hombros.

—Quién sabe. Podría ser cualquier cosa.

Ella se quedó pensativa durante unos instantes.

—Si esto es el recibidor, entonces… —Abby se giró hacía el lugar por donde habíamos llegado y señaló el pasillo—, eso debe de ser la entrada.

—Todo este lugar apesta a burocracia gubernamental.

Abby asintió y avanzó hacia la puerta más cercana, que estaba detrás de la mesa.

—Sigamos adelante —dijo.

Me metí el panel de control en la chaqueta, agarré la puerta con las dos manos y dije: «Cuando tú me digas». Ella hizo lo mismo, plantó firmemente los pies y respiró hondo.

—Vale —afirmó en voz baja—. ¡Empuja!

Capítulo 3

Nos tuvimos que esforzar para abrir la puerta corredera. Nos llevó casi veinte minutos y, durante unos momentos, no estuve seguro de que pudiéramos forzarla. Pero, cuando lo conseguimos, lo demás fue fácil. La puerta metálica rechinó en sus raíles y desapareció tras la pared con un horrible y resonante chirrido.

—Si hay alguien aquí, seguro que lo ha oído —dije, pasando al siguiente pasillo.

—¿Crees que aún hay gente en este sitio?

—¿Quién sabe? Yo no apostaría en contra. Los humanos podemos sobrevivir en cualquier parte. Somos como las ratas.

—Las ratas no sobreviven a todo —alegó Abigail.

Yo la miré con exasperación.

—Está bien. Pues como bacterias, bichos, lo que sea. ¿Has oído hablar de Toslados?

—No —respondió mientras avanzábamos.

Nos topamos con una viga caída, que estaba en mitad del pasillo. Pasé por encima con sumo cuidado, para no cortarme la ropa y romper accidentalmente las almohadillas caloríficas.

—Era una colonia de las Tierras Muertas, de hace más o menos un siglo. Un planeta bonito, por lo que vi en las fotografías… pero antes de las bombas.

—¿Alguien tiró una bomba? —preguntó ella, intentando pasar sobre la viga.

Me detuve al otro lado y le ofrecí una mano para ayudarla. Ella la aceptó y pasó por fin.

—Sí, salvo que no fue una, sino más bien una docena. Mal asunto. Mataron a trescientas mil personas.

—Qué horror.

—Así es la guerra —dije, sacudiendo la cabeza—. Más tarde, un grupo de matones bajaron al planeta con intención de llevarse lo que pudieran encontrar. Uno de ellos se fue por su cuenta y encontró un búnker lleno de supervivientes. Resultó que llevaban nueve años en aquel sitio, sin atreverse a salir.

—¿Por la radiación? —se interesó ella.

Yo volví a sacudir la cabeza.

—Eran bombas limpias, no ionizadas, así que no tenían el problema de un posible efecto prolongado de la radiación. Se quedaron allí por miedo. Pensaron que los podían atacar otra vez con armas nucleares, y decidieron quedarse. Tenían generadores, un biojardín, raciones y agua corriente. Se habían preparado para aquella situación. Cuando los saqueadores los encontraron, ya habían empezado a tener hijos. Hasta tenían un minigobierno.

—Menuda locura —aseguró Abby.

—No seré yo quien te lo discuta —repliqué, sonriendo—. Solo digo que nunca sabes lo que puede hacer la gente. Cuando el mundo se vaya a la mierda definitivamente, encontraremos la forma de seguir adelante. Somos así de tercos.

Entramos en otra sala, esta de techos más altos y bajorrelieves más intrincados en las paredes. Había muchas mesas de trabajo, lo cual parecía indicar que nos estábamos acercando al corazón de las instalaciones. Probé a tocar uno de los ordenadores y pulsé varias teclas con la esperanza de que pasara algo; pero, tal como imaginaba, no pasó nada. Era obvio que la electricidad llevaba mucho tiempo cortada y que conseguir que alguno de los equipos funcionara sería casi imposible.

Había otro umbral a la derecha de la estancia, cuya puerta habían aparentemente arrancado. Tardé unos instantes, pero la encontré a poca distancia, en el suelo, con el metal doblado y agrietado.

—Vaya —dije, agachándome junto a ella—. ¿Qué crees que causó esto?

—¿Un terremoto? —propuso Abigail—. Este lugar da la sensación de sostenerse de milagro.

Me incorporé, sin apartar la vista de la puerta caída. Abby tenía razón; las instalaciones parecían a punto de hundirse, pero eso no explicaba las marcas de la puerta. Daba la impresión de que la habían abierto a golpes. ¿Alguien que se había quedado dentro? ¿Atrapado, quizá?

—Aquí —apuntó Abigail, caminando hacia el extremo de la sala, donde había una pared con un cristal roto—. Parece que reventaron la ventana. Alumbra ahí.

—¿Dónde?

Me acerqué a la apertura y aumenté la luz de mi panel de control. La zona en la que estaba se iluminó más. Cambié la opción en la pantalla para estrechar el haz de luz y poder enfocar más lejos. Después, dirigí la pantalla hacia la ventana y vi una larga caída hasta una sala todavía más grande. El suelo estaba lleno de contenedores de distintas formas y tamaños, como si fuera un almacén. Por lo visto, aún cabía la posibilidad de que encontráramos algo valioso.

—¿Quieres echar un vistazo? —pregunté, girándome hacia ella.

Para mi sorpresa, Abigail ya estaba en la plataforma de la puerta, mirando hacia abajo, hacia el almacén.

—Me tomaré eso por un sí —dije.

Volví a barrer la habitación con mi luz, ajustándola para ver más espacio al pasarla. No me gustaba mucho ese sitio. Apestaba a muerte por todas partes y, aunque no había cadáveres, supe que había pasado algo, algo espantoso.

—¿Vienes? —dijo Abigail.

Abby ya había atado una cuerda a la plataforma, y se había pasado el otro extremo alrededor de la cintura para bajar por la cercana escalerilla.

«Tú primero», contesté mientras ella descendía al almacén. La seguí de inmediato, y bajé por la tambaleante estructura con sumo cuidado. Cada paso que daba era más inseguro que el anterior. Tenía la sensación de que se iba a hundir con mi peso; pero no se hundió y, al final, llegué abajo.

Abigail avanzó varios metros, alumbrando los distintos contenedores con la luz del panel de su muñeca, pasando de uno a otro.

Me acerqué a uno de ellos y palpé sus bordes superiores en busca de una tapa. Metí los dedos en la fisura y conseguí levantar la cubierta lo suficiente como para quitármela de en medio y ver lo que había dentro.

—Eh, ¿estás seguro de que eso es aconsejable? —preguntó Abigail.

—¿Y cómo quieres que investigue si no los abro? —repliqué, dirigiendo la luz hacia el interior del contenedor.

Había un montón de prendas perfectamente dobladas y casi nada raídas. Me sorprendió que se hubiera preservado tan bien, aunque quizá se debía al contenedor. ¿Lo habrían diseñado para almacenamientos duraderos? Yo había oído que algunos contenedores lograban que los materiales siguieran frescos y limpios durante muchas generaciones, siempre que se mantuvieran cerrados; pero no se me ocurrió por qué se podía desear semejante cosa. Aunque por otra parte, y ahora que lo pienso, Atenea había mencionado que los eternos de la Tierra podían vivir mucho más que el resto de nosotros. Puede que aquello estuviera pensado para ellos.

Abigail abrió la tapa de otro contenedor y miró dentro.

—Parece que contiene ropa —dijo.

Sacó una prenda de color azul, que parecía un overol. Me lo lanzó y lo cogí, notando inmediatamente el parche que llevaba en el hombro: una serie de letras idénticas a las encontradas en Titán.

Dirigí mi pantalla hacia él y saqué una fotografía. Con suerte, Sigmond podría traducir las palabras cuando volviéramos a la nave.

Luego, dejé que Abigail siguiera con lo que estaba haciendo, consulté mi mapa y me di cuenta de que nos faltaba un buen trecho para llegar a la fuente de la transmisión y de que el mapa había incluido las zonas que ya habíamos explorado. Mientras tuviera activado el programa, el dispositivo seguiría escaneando el lugar, catalogando lo que estuviera en nuestro campo de visión.

—Jace, mira esto —dijo Abigail desde el otro lado de la sala.

Alcé la vista y descubrí que estaba de cuclillas, examinando un montón de restos caídos.

—¿Qué es?

Pasé mi luz por el suelo, hasta llegar a la pared. Había un enorme agujero, dos veces más grande que una puerta normal. A nuestros pies, se veían piedras y escombros.

—Este sitio es un desastre —dijo Abigail, ya de pie. Después, echó una ojeada al agujero de la pared—. Aquí hay otro túnel, y parece bastante largo.

Estreché el haz de luz, aumenté su alcance y lo dirigí hacia el pasaje. Abigail estaba en lo cierto. No se veía el final.

—Tenemos que bajar más —me apresuré a decir—. ¿Hay más puertas por aquí? ¿O más escaleras?

—No que yo haya visto.

Volví a mirar el panel. La fuente de la señal estaba delante de nosotros, varios metros por debajo de nuestra posición. Aparentemente, el túnel podía llevarnos al sitio al que queríamos ir, pero ¿cómo era posible? No lo habían hecho de forma intencionada.

—¿Echamos un vistazo? —preguntó ella.

Yo dudé y miré, y ella también miró, a su alrededor, esperando encontrar otra forma de bajar. Quizás hubiera una escalera en algún sitio. Abigail podía haber pasado algo por alto.

No, buscamos por todas partes y no encontramos nada. Podía ver todas las salidas desde mi posición. No había nada más, ningún otro camino. Por raro que pareciera, el enorme agujero de la pared era el único camino que podíamos tomar.

Me acerqué a él y me asomé.

—Supongo que tendremos que bajar —dije al fin, mirando a Abigail.

Ella asintió y dijo:

—Tú primero.

Capítulo 4

El suelo de la caverna era más pedregoso de lo que esperaba, y tropecé más de una vez. Cuanto más nos internábamos, más frío era el ambiente, y aquello me obligó a aumentar el calor de mi indumentaria.

Además, creí notar un olor extraño, aunque no estuve seguro al principio. Lo tenía en la punta de la nariz, y supuse que serían cosas de mi imaginación; pero el olor se volvió más nítido a medida que avanzábamos. Era un olor nauseabundo, a podrido, como el de la basura que olvidas sacar antes de un viaje largo y te encuentras una semana después, apestando el piso. Pero, a pesar del hedor, no encontraba su origen. Quizá fuera un animal muerto, oculto en las paredes de hielo de la cueva. Cualquiera sabía.

El túnel resultó ser largo y sinuoso, e iba más lejos de lo que yo había calculado al principio, obligándonos a descender cada vez más. Caminamos lentamente durante media hora, sin encontrar nada salvo escabrosas peñas y el hielo que formaba casi todo el corredor; pero, cuando dimos con algo, tuve que pararme a examinarlo.

Era un contenedor, igual que los que habíamos visto en el almacén. Le habían quitado la tapa, y estaba medio hundido en la tierra, completamente vacío. Su superficie de metal estaba llena de marcas —arañazos, quizá—, y nos dio que pensar mientras la mirábamos.

—Jace —musitó Abigail, pestañeando.

—Lo sé —repliqué, bajando la voz hasta convertirla en un susurro—. No estamos solos.

—Tiene que ser algún tipo de animal —comentó ella—. ¿Qué hacemos?

Alcancé mi rifle y comprobé el cargador y el seguro.

—Encargarnos de él —contesté.

Ella asintió y desenfundó su pistola.

Sin decir otra palabra, retomamos la marcha. Hacia lo que nos estuviera esperando.

Al final, el olor se volvió tan intenso que tuve que taparme la nariz con la manga.

Llegamos a una esquina, y descendimos hasta que el corredor dio paso a un espacio más grande. Me di cuenta de que la severa piedra del pasaje anterior había desaparecido, y de que en su lugar había tierra y hielo fresco.

Abigail divisó un montón de basura a poca distancia, un surtido de objetos rotos, como barras y alambres de metal, ropa hecha jirones y… algo más.

Me acerqué y me puse de cuclillas para echarle un vistazo. Usando el cañón de mi rifle, y alumbrándome con la luz del panel, aparté las distintas piezas para ver mejor. Tardé un momento en darme cuenta de que los blancuzcos y estriados palos que estaba mirando eran huesos. Ahora bien, ¿de quién? ¿O de qué?

Se los enseñé a Abigail, que ni se apartó ni se estremeció. Se limitó a observarlos con detenimiento y a decir al cabo de unos segundos, casi de forma analítica:

—Ah, así que es un carnívoro.

Admito que no me esperaba ese comentario.

—¿Crees que son restos humanos?

—¿Por qué lo iban a ser? —preguntó ella—. Es imposible que alguien viva aquí.

Yo señalé el montón.

—Puede que eso proceda de una tumba.

Abigail guardó silencio un instante y dijo:

—Ahora que lo dices, aún no hemos visto ningún esqueleto.

Ella tenía razón. Hasta entonces, todo lo que habíamos visto estaba vacío.

—Y, aunque los haya, sus dueños ya estarían muertos —continuó hablando—. Si esos animales comen cadáveres, es posible que sean simples carroñeros. Puede que los hayamos asustado por el simple procedimiento de estar aquí.

—Sí, claro —susurré, contemplando los huesos que estaban a mis pies.

—¿Qué pasa? ¿Es que no estás de acuerdo?

Yo quería estarlo; probablemente, más de lo que ella imaginaba.

—No lo sé —dije.

Me giré, alumbré el resto del cavernoso lugar y vi otros montones a pocos metros de donde estábamos. Me aproximé a uno y me incliné. Sí, había más huesos, y en una posición parecida.

—El animal que hizo esto no es pequeño. Las marcas de garras que hemos visto en el contenedor de antes… eran enormes. Y también lo eran las de la puerta del almacén. Ese tipo de marca implica bastante músculo detrás de las garras.

—Hablas como si quisieras marcharte.

Yo me quedé en silencio. Aún no me había planteado la posibilidad de regresar. ¿Es que daba la impresión de tener miedo?

—No, no vamos a abandonar la misión. Mientras tengamos armas, estaremos bien —dije, y señalé su pistola—. Cúbreme las espaldas. Yo cubriré las tuyas.

Ella asintió.

—Trato hecho.

Volví a mirar el montón que estaba delante de mí. Había algo más en esas cosas, una sensación que no me podía quitar de encima. Normalmente, los animales no colocaban los objetos de un modo tan metódico, no de esa manera. Y los montones no parecían tener ningún propósito, o yo no se lo veía; no parecían cubiles ni nada útil que una criatura pudiera necesitar después. Más bien, eran como hitos, como si significaran algo.

Cuanto más lo pensaba, más curiosidad sentía. ¿Simbolizarían las presas cazadas? ¿O eran tumbas, erigidas en memoria de los muertos?

Fuera como fuera, significaba que allí había un ser inteligente, y que parecía ansioso de regodearse en la muerte.

Encontramos más montones por el camino, mientras nos acercábamos a la fuente de la transmisión. Al cabo de un tiempo, dejé de fijarme en ellos.

Una parte de mí se preguntaba si los animales habrían emigrado a otro sitio o si simplemente habían muerto. No me pareció probable, porque el hedor era tan penetrante que casi no me atrevía a apartar el brazo de la nariz.

Uno de los pasajes nos llevó a una abertura parecida a la primera que desembocaba en una sección inferior de las instalaciones; pero, al pasar por ella, me di cuenta de que aquel sitio no se parecía nada al anterior.

Toda la zona estaba llena de pequeñas luces que indicaban la existencia de algún tipo de energía. La linterna de mi panel nos mostró varias consolas y unos cuantos ordenadores polvorientos, donde parpadeaban pilotos de múltiples colores. Me resistí al impulso de correr hacia ellos y, en lugar de eso, apreté los dedos sobre mi rifle.

—Es obvio que la fuente de energía sigue activa; al menos, parcialmente —dijo Abigail, embobada con la escena que teníamos ante nosotros—. ¿Sabes lo que eso significa?

—Creo que me lo acabas de decir.

—Que puede haber algo salvable. Tal vez, algo que pueda servir para el motor —comentó.

No me pareció posible. Los diseños de las naves cambiaban constantemente, y aquel lugar era verdaderamente viejo. Había pocas posibilidades, si es que había alguna, de que encontráramos algo compatible con el motor de deslizamiento de la Estrella Renegada.

Sin embargo, ella tenía parte de razón. Si había energía, podía haber un sistema con un registro de datos, y, si seguía funcionando, podríamos averiguar qué le había pasado a esa gente y adónde se habían ido. En el peor de los casos, ya teníamos varios cientos de contenedores llenos de carga en el almacén de arriba, esperando a que alguien se los llevara.

Hice un gesto a Abigail y señalé una de las terminales.

—¿Te puedes meter en el sistema?

—No soy Dressler, pero lo intentaré —dijo, caminando hacia la consola.

—Debería haberla traído a ella, no a ti —bromeé.

Abigail arqueó una ceja, pero no me miró.

—Veamos lo que tenemos aquí.

Abigail empezó a pulsar teclas, y yo la miré unos momentos, y, a continuación, me di un paseo por la sala. La parte trasera daba a otro pasillo, de puerta abierta, aunque no rota. Si alguno de esos animales había llegado a aquel lugar, no había dañado excesivamente las instalaciones; y, por lo que pude ver, tampoco había huesos amontonados. Pero cualquiera sabía lo que podía haber más adelante. Teníamos que estar preparados para todo.

—No lo consigo —dijo Abigail al cabo de un rato, girándose hacia mí—. El ordenador funciona, pero el idioma es distinto. Necesitamos un traductor.

Yo di un golpecito al auricular.

—Siggy, ¿me puedes oír? —pregunté, esperando una respuesta. No la obtuve—. ¿Siggy? Soy Jace. ¿Estás ahí?

—Estaremos a demasiada profundidad —comentó Abigail.

Bajé la mano y suspiré.

—Pues no conseguiremos gran cosa si no logro comunicar con Siggy. Puede que necesitemos un repetidor para amplificar la señal.

Ella sonrió.

—Cuidado, Jace. Hablas como si supieras lo que estás haciendo.

En ese instante, se oyó un estruendo como de metal contra metal, procedente del corredor por donde habíamos llegado.

Abigail y yo alzamos nuestras armas instintivamente y las apuntamos hacia la enorme abertura que estaba al otro lado de la sala.

Esperamos, respirando deprisa, con bocanadas cortas, con un súbito río de adrenalina por nuestras venas. De repente, el silencio parecía denso y claustrofóbico. Y el ruido era cada vez más fuerte.

Apreté el rifle y solté una lenta exhalación que el helado aire convirtió en una nube de vaho.

Fue entonces cuando lo vimos.

Una cosa enorme y monstruosa, que caminaba inclinada y arrastrando las zarpas delanteras, lo cual no impedía que fuera casi tan alta como el propio corredor. El blanco pelo que cubría su cuerpo era tan espeso que casi no se le veían los ojos.

El animal se alzó y se agarró a los bordes de la abertura. Cuando lo hizo, pudimos ver la forma de sus garras, de tres largas uñas. Pensé que, si la suerte me daba la espalda, me podía atravesar fácilmente con cualquiera de ellas.

La criatura se detuvo y contempló la sala durante unos momentos. Ladeó la cabeza, pero sin dar la impresión de vernos. Me pregunté si veía la luz de mi panel y la consola. En cualquier caso, no parecía interesada. Se limitó a mirar la sala, sin clavar la vista en nada en particular, extrañamente inmóvil y tranquila.

Mi luz le dio en la cara, pero no pude ver sus ojos ni aun así. ¿Qué estaba mirando? ¿Qué veía?

El animal olisqueó, dio un paso adelante y entró en la estancia.

Abigail tragó saliva y, en el silencio del lugar, sonó más fuerte de lo normal.

«Mierda», pensé.

La bestia alzó la cabeza y se detuvo cuando sus orejas se estiraron al máximo.

Yo lancé una mirada por encima del hombro, hacia el pasillo de atrás. Si nos movíamos deprisa, podíamos llegar a él y conseguir que el animal se quedara atascado en su cuello de botella. De ese modo, sería un objetivo fácil, siempre que mantuviéramos las distancias. Mejor que en una sala tan grande como aquella.

Abigail me miró. Yo volví los ojos hacia la puerta abierta, intentando que comprendiera mi plan. Y lo pilló al vuelo, porque asintió levemente.

Magnífico. Estábamos de acuerdo.

La criatura dio otro paso hacia nosotros, sin bajar las orejas. Para entonces, yo empezaba a entender lo que pasaba. Habría apostado cualquier cosa a que no podía vernos, porque solo estábamos a unos metros de distancia. Y si veía, no veía como nosotros.

Sin embargo, yo no era zoólogo, y no tenía tiempo de sentarme a analizar qué demonios era esa cosa. Solo sabía que tenía que moverme, disparar y dejar seco a aquel monstruo.

Abigail me miró fijamente, contuvo la respiración y esperó.

Yo volví a clavar los ojos en el animal y, tras observarlo durante unos segundos, para asegurarme de que no se movía, los clavé otra vez en Abigail. Le di la señal de moverse con un asentimiento de cabeza, y ella se movió al instante.

Los dos salimos disparados hacia el pasillo.

En cuanto nos movimos, el monstruo gruñó, resopló como una máquina obstruida y soltó un rugiente aullido. Plantó las dos patas delanteras en el suelo y corrió enrabietado hacia nosotros, provocando estruendos que resonaban en las instalaciones cada vez que daba uno de sus terribles pasos.

Llegamos al pasillo y avanzamos un poco. Giré todo el cuerpo y apunté el rifle hacia la entrada. Abigail hizo lo mismo que yo, y empezamos a disparar en cuanto la blanca y peluda criatura apareció.

El pasillo era estrecho, y el animal no cabía. Lo intentó de todos modos, moviendo sus zarpas hacia nosotros, pero sin poder alcanzarnos. El umbral crujió y se resquebrajó a medida que aumentaba la presión. No duraría mucho.

Seguí disparando. El monstruo parecía absorber las balas, tan lleno de rabia y furia como estaba, y apenas se movía. Yo retrocedí paso a paso, manteniendo las distancias.

El animal rugió y metió los hombros en el pasillo.

—¡Basta ya! —bramó Abigail.

Abby se acercó lo justo para que sus garras no la alcanzaran y, a continuación, con un movimiento rápido, llevó su pistola a la boca del animal, que intentó morder; pero no antes de que ella le pegara un último tiro.

Los sesos le salieron por la parte trasera del cráneo, rociando su blanca pelambre con sangre verde mientras su cara se estampaba contra el suelo, ya sin vida.

El suelo tembló cuando se derrumbó ante nosotros.

Nos quedamos mirando unos segundos, sin decir nada. Quizá por cautela, porque le habíamos metido un cargador entero de balas y, aun así, había conseguido meterse en el pasillo.

—Creo que está muerto —dijo Abigail, en voz baja.

Yo me acerqué al monstruo sin dejar de apuntarlo con el rifle, preparado para disparar por si había conseguido sobrevivir a un disparo directo en la cara. Quizá fuera poco habitual, pero no habría sido el primer animal que no tenía el cerebro en la cabeza.

Le di con el cañón del rifle y le levanté la barbilla para verle la cara. Por fin pude verle los ojos… o, más bien, su falta de ojos, porque no parecía tener. En el lugar donde tendrían que haber estado solo había dos manchas negras, escondidas entre el pelo blanco.

Aparté el rifle, y su cabeza volvió a golpear el suelo.

—Ya no hay peligro —confirmé.

—¿Crees que esas cosas mataron a los colonos? —preguntó Abigail.

—Tal vez.

Miré el lugar donde había estado la puerta, ocupado ahora por la pared hundida. ¿Cómo íbamos a salir de allí?

Pasé por encima de una de las patas de la criatura y noté los escombros bajo mis pies, pero no pisé con fuerza. Si lo hacía, me arriesgaba a que el resto del techo se derrumbara, y no nos lo podíamos permitir.

Miré la pantalla de Abigail, que aún brillaba lo suficiente para iluminar el pasillo.

—¿Puedes sacar fotos con esa cosa? —pregunté.

—¿Eh? ¿Para qué?

—Aquí no tenemos buena señal; pero, si conseguimos subir unos cuantos pisos, podríamos enviar un mensaje a Siggy —dije, acercándome a ella—. Quizá no podamos hablar con él, pero es posible que las imágenes se transmitan con más facilidad.

—De acuerdo, pero ¿de qué quieres que haga fotos?

Yo miré el monstruo que estaba a mis pies.

—¿A ti qué te parece?

Ella bufó.

—Está bien. Deja que abra la aplicación de la cámara.

Me quité de en medio, pasé por detrás de ella e intenté distinguir el interior de la siguiente sala. Parecía como la anterior. Estaba llena de consolas y máquinas, en muchas de las cuales brillaba todo un surtido de luces de colores. Aún no podía creer que aquel sitio tuviera energía.

Abigail se acercó un poco más al animal y empezó a sacar fotografías.

—Sácale una de la cara —dije.

Ella se la sacó, desde varios ángulos. Tendríamos que adjuntar un mensaje a las imágenes, algo así como «Queridos idiotas, hemos encontrado unos animales letales. No salgáis de la nave». Seguramente, pillarían la idea.

Abigail se secó parte del sudor de su frente y retrocedió hacia mí.

—Creo que ya basta —dijo, bajando el brazo. Tragó saliva, sacó una pequeña cantimplora, echó un trago de agua y suspiró cuando se la apartó de la boca—. ¿Qué hacemos ahora? ¿Adónde vamos?

Clavé la vista en las tinieblas que se abrían ante nosotros.

—Más abajo —contesté, saliendo por fin del pasillo y entrando en la siguiente sala—. Cada vez más abajo.

Capítulo 5

No me di cuenta al principio, pero aún seguíamos directos hacia la fuente de la señal. A pesar del túnel que habíamos tomado y del combate con el monstruo, nuestro rumbo general no había cambiado. Si no encontrábamos pronto una forma de salir, aún podíamos llevar a cabo nuestra misión; solo teníamos que seguir por ese camino.

A mí no me parecía mal. No habíamos llegado tan lejos para volver con las manos vacías. Aunque huelga decir que, a esas alturas, estaba más interesado en escapar de aquellas catacumbas olvidadas por los dioses que en encontrar la caja negra que emitía la señal.

La mejor posibilidad que se me ocurría era encontrar una escalera, correr hasta la superficie, recuperar el aliento y regresar con armas más grandes y más mortíferas. Pero era muy poco probable que pasara eso. Hubiera lo que hubiera ante nosotros, tendríamos que afrontarlo con lo que teníamos y cruzar los dedos.

Extrañamente, Abigail localizó pronto una escalera, pero solo de bajada. Estuve a punto de soltar una carcajada cuando la vi. «Sigue así», pensé, fingiendo que aquel lugar podía oírme. Menuda ironía.

Un minuto después, pasamos de un pasillo a otro y descubrimos una sala lateral con múltiples dispositivos. Cápsulas, si no recuerdo mal.

Algunas tenían luz, lo cual parecía indicar que estaban funcionando. Salí de dudas en cuanto me acerqué a ellas, porque la cama que tenían dentro era prácticamente igual que las camas de Titán.

—¿Te suenan de algo? —preguntó Abigail, que debió de haber notado mi expresión de asombro.

—Sí —contesté, y me asomé al interior antes de tocar una—. Ya las había visto… En la luna.

—¿En Titán? No se parecen a las de la enfermería. ¿Estás seguro?

Yo asentí.

—Había más en otra cubierta. No eran cápsulas médicas.

—¿Para qué eran?

—Hasta donde sé, para estasis de larga duración —respondí—. Atenea me dijo que Lex nació allí.

Abigail se detuvo.

—¿Cómo?

Me giré y la miré.

—Tenía intención de decírtelo, pero resulta que Lex nació en Titán hace dos mil años, más o menos. Sus padres murieron en una especie de atentado terrorista, y los científicos la metieron en una criocápsula como esas. Cuando todos abandonaron la nave y se marcharon, nadie se molestó en despertarla.

Abigail se quedó boquiabierta.

—¿Y te lo has callado hasta ahora?

—He estado ocupado —me defendí.

Ella soltó un bufido irónico.

—¿Cuándo de enteraste? ¿Antes de la última batalla contra Brigham?

No dije nada.

—Fue antes, ¿verdad? —bramó.

—No me acuerdo —dije, encogiéndome de hombros.

Ella soltó un gemido de frustración.

—Por todos los dioses. ¿Tienes algo más que contarme? ¿Otra revelación que te hayas olvidado de compartir?

Me lo pensé mientras caminábamos.

—Ahora que lo dices, Atenea también me contó que los tipos que se fueron de la Tierra no eran más que un puñado de jornaleros que se rebelaron contra unos inmortales ricos.

Abigail se detuvo de nuevo.

—Espera… ¿cómo?

Le conté todo lo que podía recordar, y Abigail se quedó inusitadamente callada durante un rato. Supuse que estaría asimilando lo que yo acababa de decir; al fin y al cabo, no te cuentan todos los días la verdadera historia de tus antepasados. Además, le había soltado las palabras *transitorios* y *eternos*, explicándoselas tan bien como me fue posible, y, aunque no pude profundizar tanto como Atenea, me pareció que había hecho un trabajo bastante decente.

—Gracias por decírmelo, Jace —declaró al fin. Su tono de voz se había vuelto amable, como si toda su frustración hubiera desaparecido, aplastada bajo el peso de sus reflexiones—. Tendré que hablar con el doctor Hitchens sobre ese asunto.

—Yo quería hacer lo mismo en algún momento —dije.

Abigail se limitó a asentir, y clavó la vista en el suelo mientras avanzábamos.

Me di cuenta de que aquello era demasiado para ella. Desde luego, lo había sido para mí. Si necesitaba tiempo para pensar, se lo daría.

Caminamos por las abandonadas instalaciones durante un tiempo indeterminado que solo los dioses pueden saber. El camino nos llevaba hacia delante, hacia la baliza. Ahora la teníamos enfrente, no mucho más lejos: veinte metros, quizá, según mi panel de control.

Abigail seguía en silencio, con la mirada perdida, sumida en sus pensamientos.

Yo decidí que ya le había dado suficientes vueltas. Necesitaba que mi compañera estuviera preparada para lo que pudiera pasar.

Me paré a comprobar la recámara del rifle y, tras asegurarme de estar preparado, alcé el arma y apunté hacia la puerta abierta que teníamos delante, ya cerca de la baliza.

—¿Estás preparada, Abigail? —dije en voz baja.

Ella se detuvo y me miró, y yo le devolví la mirada, esperando a que asimilara lo que le acababa de preguntar. Un segundo después, parpadeó, comprendiéndolo al fin. Había regresado. No más pensamientos, no más debates internos. Ese es el tipo de cosas que te matan.

—Cúbreme —ordené cuando avanzamos.

La luz de mi arma alumbró la entrada. Cuando crucé el umbral, me encontré en una sala llena de hielo y estalagmitas, asolada por el tiempo y el declive, completamente congelada. Había ordenadores contra todas las paredes, y algunos seguían encendidos. Uno de ellos destacaba sobre los demás: era más alto, más ancho y más grande que los otros, y tenía una pantalla agrietada en la parte delantera.

Me acerqué para verlo mejor, y lo escaneé para asegurarme de que estábamos en el lugar correcto.

—¿Es aquí? —preguntó Abigail.

—Eso parece.

Aparté el escáner y limpié parte de la escarcha de la máquina. La pantalla estaba casi congelada, y era difícil de leer.

«Más bien, imposible», pensé, al caer en la cuenta de que daba igual lo que descubriera, porque seguramente estaría en un idioma desconocido.

Abigail también se acercó.

—Déjame ver —dijo, apartándome. Di un golpecito en la pantalla, que cambió—. Vaya, mira esto.

—Ten cuidado. No sabes lo que haces.

Aparecieron varias líneas de texto, todas de diferente color. Debía de ser un menú, una interfaz para ayudar a los usuarios, no muy distinta a la de mi nave.

Abigail pulsó una opción de forma aparentemente aleatoria, y se abrió una ventana nueva que parpadeó rápidamente antes de devolverla al menú anterior.

—Estará estropeada —dije.

—Con todo el tiempo que lleva aquí, en estas condiciones —expresó, echando un vistazo a la sala—, me sorprende que aún funcione.

Ella tocó la pantalla de nuevo y probó con otra opción, pero pasó lo mismo: se abrió una ventana y parpadeó antes de volver a la primera.

Abigail soltó una maldición.

—Espera. Seguiré probando.

Probó varias veces, ninguna con éxito. Podía tardar días en encontrar la forma de conseguirlo e, incluso entonces, seguiríamos sin entender el texto.

—Tranquilízate —dije, poniéndole una mano en el hombro—. Vamos a la parte de arriba, a ver si podemos activar esos repetidores. Quizá sea mejor que Dressler y Siggy se encarguen de esto. No es nuestra especialidad. ¿Qué crees que…?

Un súbito golpe estremeció el suelo bajo mis pies. Tembló tanto que sentí la vibración en las piernas. Me giré en redondo, con el arma preparada.

Abigail preparó su pistola y cubrió una de las otras entradas. Había tres en total, una en cada pared, salvo en el lado donde estaba la terminal. Si nos atacaban, podían llegar por cualquier sitio.

Esperé, aguzando el oído. Casi notaba mi corazón latiendo en mi pecho y, cada vez que respiraba, las bocanadas resonaban en la estancia, más fuertes de lo que habría imaginado.

Fue entonces cuando oí el segundo golpe, bastante más estruendoso que el primero.

Creí saber de dónde venía: justo de delante de mí, a la derecha del ordenador. Abby también se giró hacia allí, y los dos retrocedimos para tener más tiempo para poder disparar.

PUM.

PUM.

El sonido aumentó en intensidad y velocidad. Eran pasos, aunque lentos y pesados. Otro de esos monstruos.

PUM.

PUM.

PUM.

La luz de mi rifle se reflejaba en el hielo, traspasaba el umbral de la puerta y se perdía en la oscuridad. Y allí, entre las sombras del helado pasillo, atisbé un reflejo, un brillo que se movía como hierba onduleante.

El monstruo reveló su blanca, densa y larga pelambrera, captando toda mi luz. Las negras marcas que ocupaban el lugar de sus inexistentes ojos debían de estar hacia mí, mirando sin ver, y llevaba las orejas tan erguidas como las del anterior.

Sin embargo, noté que era más pequeño y delgado. Supuse que era joven. Quizás habíamos matado a su padre. O quizá fuera el pequeñajo de un grupo mayor.

En cualquier caso, las cosas estaban a punto de complicarse.

PUM.

Abrí los ojos un poco más. El animal estaba completamente inmóvil. ¿De dónde venía ese ruido?

PUM.

PUM.

Me volví muy despacio hacia la derecha, hacia el nuevo sonido. Venía de otro pasillo, de uno distinto al de la pequeña criatura.

PUM.

PUM.

PUM.

Una sombra se arrastraba contra la pared del otro lado de la puerta, arrastrando sus descomunales patas delanteras.

Toqué a Abigail con la mano izquierda y ladeé la cabeza hacia el único camino que quedaba, la puerta de atrás. Ella se resistió durante una fracción de segundo, pero bajó sus naturales defensas cuando comprendió lo que le estaba diciendo y, tras cerrar los dedos sobre mi mano, me la apretó con suavidad.

«Bien», pensé. «Lo ha entendido. Vale.»

BUM.

Otro paso. Y por fin vi sus garras, balanceándose lentamente en el túnel.

BUM.

El resto de la bestia apareció en mi campo de visión y se detuvo al llegar al umbral.

La primera criatura giró la cabeza hacia la segunda y soltó un ruidoso ladrido.

La segunda ladeó la cabeza, movió las orejas y le devolvió un sonido similar, un gruñido más ronco.

La primera se irguió, se golpeó el pecho con las patas delanteras y ladró otra vez.

Ya era suficiente. Teníamos que actuar. Luchar o huir. Correr o morir.

—¡Muévete! —grité, y salté hacia atrás mientras disparaba.

Las balas cruzaban la habitación, los monstruos aullaban, y el ruido combinado de los disparos y los aullidos eran tan intenso que pensé que me quedaría sordo.

Retrocedí a toda velocidad, y estuve a un tris de resbalar en el hielo. Las dos bestias se abalanzaron sobre mí, y sus largas patas llegaron a estar tan cerca que les faltó poco para arrancarme el estómago.

Hui por el pasillo trasero, disparando ciegamente hacia atrás, sin preocuparme por dónde acababan mis balas. Abigail, que ya había llegado al fondo del corredor, se giró hacia mí y extendió el brazo de la mano donde llevaba la pistola.

—¡Al suelo! —exclamó.

Me tiré al suelo, me deslicé bajo ella y me giré sobre el hielo para quedarme de cara a los animales. Abigail disparó, alcanzando a las dos criaturas.

Como yo estaba de espaldas, disparé el rifle entre mis piernas, descargando todo el cargador.

El pequeñajo se llevó varios tiros en el hombro, el cuello y el pecho antes de reducir la marcha. Tuve suerte y le acerté en la rodilla, haciendo que se abriera de piernas y cayera al suelo. Se deslizó entre aullidos mientras el segundo y mucho más grande animal continuaba la persecución.

—¡Corre! —grité, levantándome.

Abby se giró y corrió conmigo por el largo corredor.

No sabíamos adónde íbamos. No teníamos forma de saber lo que nos esperaba delante. Solo podíamos correr y acertar al monstruo tantas veces como fuera posible antes de que nos alcanzara.

Y no tardaría demasiado, como comprobé cuando miré hacia atrás.

El animal corría bastante más deprisa de lo que yo esperaba, golpeando el hielo con sus descomunales garras y patas traseras. Hacía tanto ruido que yo lo sentía en el pecho.

Seguimos adelante, con la bestia pegada a nuestros talones. Levanté el rifle y disparé varias veces antes de oír un clic.

—¡Estoy sin munición!

—¡Y yo! —exclamó Abigail.

Giramos en una esquina, y me golpeé el hombro contra la pared de hielo, pero reaccioné y seguí corriendo.

—¡Tessa! ¡Tessa!

—¿Qué? —pregunté.

—¡Yo no he dicho nada! —replicó Abby.

—¡Tessa! —se volvió a oír.

Miré hacia delante y vi una figura al final del pasillo, sacudiendo los brazos.

—¡Tessa modune! ¡Tessa!

—¿Quién demonios...? —dije, pero Abby no tuvo tiempo de responder, porque ya estábamos llegando.

La desconocida, que llevaba una máscara grande y un montón de pieles, esperó a que cruzáramos el umbral y se plantó delante del animal que se acercaba. Luego, con un rápido movimiento, se metió la mano por debajo de las pieles y sacó una especie de vara... no, era un rifle, como comprendí al instante.

—¡Sachala! —gritó a la bestia—. ¡Sachala rockheme!

La punta del cañón emitió un destello azul y blanco y soltó una descarga explosiva al monstruo, justo antes de que nos alcanzara. La luz le atravesó el hombro y lo hizo retroceder unos cuantos pasos.

La criatura se tambaleó y apoyó las garras en el suelo. Sacudió la cabeza, escupiendo al aire, y luego se inclinó hacia delante y rugió.

Rugió tan fuerte que yo me estremecí.

El animal alzó las garras y golpeó lo que tenía a su alrededor. Una demostración de fuerza.

La mujer no dejó de apuntar a la criatura en ningún momento, preparada para disparar otra vez si era necesario.

La bestia gimió y rabió, echando espuma por la boca.

Yo ya creía que la desconocida iba a disparar otra vez su vara azul cuando el animal levantó las garras por encima de la cabeza, arañó el techo y el hielo, lo resquebrajó y bajó las patas delanteras.

El techo debía de estar en condiciones precarias, porque se derrumbó sin más. Las placas de hielo y metal cayeron sobre la criatura, que quedó enterrada bajo lo que parecía ser una lluvia interminable de escombros.

El polvo salió disparado en todas las direcciones y me golpeó con la fuerza de una ventisca. Eché mano a Abigail y la tiré al suelo antes de que la onda expansiva nos alcanzara.

Nos arrastramos. El viento azotaba nuestras espaldas, y la avalancha seguía rugiendo con su estruendosa fuerza. Pensé que se iba a hundir todo el complejo y que, en cualquier momento, nos convertiría en cadáveres y nos sumaría a los que alguna vez habían llamado *hogar* a aquel lugar.

Capítulo 6

Abrí los ojos contra el pelo de Abigail, bajo la nieve que caía a nuestro alrededor. Ella me miró y parpadeó, confusa.

Yo retrocedí y, al incorporarme, cayó más tierra de mi espalda. Le ofrecí una mano, que ella aceptó, y la levanté del suelo. Nos sacudimos la ropa, pero la nieve seguía cayendo.

—Por los dioses —murmuró Abby, limpiándose la frente—. No volvamos a hacer eso, por favor.

Los dos nos giramos hacia la desconocida, que no dejaba de mirar al monstruo caído. La mujer no se había movido de su sitio a pesar de lo sucedido.

—Eh —dije, intentando llamar su atención—. ¿Quién eres?

La mujer se giró hacia mí, con su máscara de calavera sobre la cara. Ahora estábamos cerca, y distinguí la forma de la calavera con más claridad. Parecía ser de una de esas criaturas, y tenía marcas extrañas en el hueso; marcas familiares, como las que yo había visto en Titán y, más específicamente, en los tatuajes que Lex y yo teníamos.

—¿Me has oído? —pregunté, acercándome más a ella—. He preguntado quién eres.

—Badalaka —contestó la mujer—. Dusaka, kei la.

Miré a Abigail.

—¿Entiendes algo?

La monja sacudió la cabeza.

—Es la primera vez que oigo ese idioma.

—¡Badalaka! —exclamó la enmascarada mujer.

—No te entendemos —dije.

La desconocida dio un paso hacia mí y se detuvo a un par de metros de distancia. Alzó la vara, el arma con la que había disparado al animal, y me apuntó con ella.

Instintivamente, intenté echar mano a mi rifle, pero Abigail me puso una mano en la muñeca.

—Tranquilo —dijo—. Espera.

La enmascarada acercó la vara a mi cuerpo y me abrió el cuello de la chaqueta con él, revelando parte de mi tatuaje.

—Koraka —dijo en un susurro.

—¿Qué? —pregunté, mirando la vara.

La desconocida apartó el arma, dijo «fordo» y, tras agarrarse la máscara, se la quitó.

Me quedé perplejo con su aspecto. Era de ojos azules y piel pálida, y tenía tatuajes desde el cuello hasta encima de las orejas. ¿A quién estaba mirando yo?

—Fordo ack bala —dijo la mujer.

Parecía mayor; posiblemente, de sesenta y muchos años, a juzgar por las arrugas de alrededor de los ojos. Pero cualquiera sabía qué efecto podía tener aquel mundo en la salud de las personas. Cabía la posibilidad de que solo tuviera treinta y siete.

—Sí, hola a ti también —repliqué.

La mujer apuntó hacia atrás con su arma.

—Soga —dijo, y empezó a caminar, con intención de pasar entre los dos.

Nosotros nos giramos y nos la quedamos mirando mientras ella caminaba tranquilamente hasta la parte trasera de la estancia, donde había una puerta cerrada. Una vez allí, se inclinó y dio unos golpecitos en la pequeña pantalla de la pared, haciendo que la puerta se abriera.

—Soga —volvió a decir, mirándonos.

Abigail, que aún no había enfundado su pistola, ni miró.

—¿Qué te parece? —preguntó.

—Da igual lo que me parezca —dije, y señalé el hundido pasillo donde estaba el fallecido monstruo—. No podemos ir a ningún otro sitio.

Abby dudó, pero terminó asintiendo.

—Si esa mujer intenta algo…

—Nos ocuparemos de ella —la interrumpí, terminando su frase.

Luego, seguimos a la desconocida.

La anciana abrió varias puertas, todas con el mismo código:

2-0-1-1-9

Memoricé la secuencia enseguida. ¿Por qué diablos no me la iba a aprender?

La harapienta bruja nos llevó a un corredor con paredes de cristal a cada lado. Las salas de aquel lugar parecían ser de reuniones, y tenían mesas decrépitas en el centro y restos que supuse de sillas a su alrededor, aunque había tal cantidad de escombros y detritos que no podía estar seguro.

Al llegar al final del corredor, la mujer nos llevó por otra puerta, que en este caso daba a una escalera empinada. Alzó su bastón azul y dijo algo. Yo decidí que significaba 'arriba' o 'vamos'.

Fuera como fuera, hicimos exactamente eso. Nos llevó por siete tramos de escaleras, y no redujo el ritmo en ningún momento a pesar de su edad. Pasara lo que pasara después, se había ganado mi respeto. Había matado a un animal dos veces más grande que yo, y aún tenía energía para subir todos esos escalones. «Notable, señora. Notable.»

Cuando llegamos a nuestro destino, nos topamos con otra puerta cerrada, pero no se parecía a las anteriores. No tenía un panel en la pared donde introducir un código. No era corredera, sino más tradicional, de las que se abrían con bisagras atornilladas al marco. Llamó tres veces, golpeando el metal con su bastón: dos golpes rápidos y, acto seguido, tras una pequeña pausa, un tercero.

La puerta se abrió con un crujido que resonó en la escalera y mostró otra cara enmascarada; pero era una máscara metálica, hecha seguramente con piezas y fragmentos de los que había por todo el complejo. El hecho de que la anciana llevara la calavera de un animal despertó mi curiosidad. ¿Por qué no se había hecho una como la de esa persona? Pero mi curiosidad fue breve, y olvidé el asunto. Ya habría tiempo para interrogarse por cosas sin importancia cuando saliéramos de allí. De momento, tenía que mantenerme alerta, por si alguno de aquellos desconocidos demostraba ser un peligro.

El hombre de la careta metálica miró a la anciana antes de mirarme a mí.

—Chala —dijo, y noté que sus ojos se agradaban tras la máscara—. ¡Chala do ray!

La anciana asintió y señaló su máscara de hueso.

—Dusaka es graw, chala do ray.

El hombre asintió lentamente y abrió la puerta del todo. Había más gente al otro lado, observándonos a distancia.

La anciana me volvió a mirar y señaló la entrada con su bastón.

—Tak —dijo.

—Supongo que eso significa que nos invitan a cenar —repliqué, entrando en la sala y pasando entre dos desconocidos, también enmascarados.

Abigail me siguió, pegada a mis talones.

—Espero que no seamos el plato principal —susurró.

La anciana y su amigo nos llevaron por lo que solo podía ser la sala de estar general, un sitio de techos altos, tan grande como el almacén. Sin embargo, no tenía contenedores, y me dije que, si los había habido en algún momento, los habrían destruido o cambiado de sitio.

Había docenas de personas, y todas estaban enfrascadas en alguna tarea. Vi que algunos repartían provisiones, con niños jugando cerca. «Niños», pensé cuando uno de ellos pasó junto a nosotros, riéndose con una amiga. «La gente encuentra tiempo para hacer más gente incluso en sitios como este.»

Nuestros anfitriones nos acompañaron a otra puerta, vigilada por un segundo guardia que se apartó de inmediato, reconociendo sin duda la autoridad de la anciana y su acompañante.

La puerta se abrió, y acabamos en una estancia pequeña, de forma circular y con esterillas en el suelo. Ya había alguien allí: una mujer joven que, al igual que los demás, era de piel pálida, cabello blanco y ojos azules.

—Edda —dijo la anciana, asintiendo hacia la joven—. Dusaka es graw, din mohala kin ro.

La mujer joven, que supuse líder del grupo, nos miró un buen rato —sobre todo a mí—, como sopesándonos.

—Tucka del ka —añadió después, y lanzó una mirada a su asociada—. Sadda.

La anciana asintió y señaló las esterillas más cercanas mientras cruzaba la estancia para ocupar su asiento. Se sentó con las piernas cruzadas, dejó el bastón a un lado, se quitó por fin la máscara y me miró fijamente.

Yo me giré hacia Abby, que se encogió de hombros.

—Esto va a ser interesante —dije, y adopté la misma posición que las dos pálidas mujeres, aunque al otro lado del círculo.

Abigail se acomodó junto a mí, y los dos esperamos a lo que pensé que sería una especie de rito tribal.

El guardia salió y cerró la puerta a sus espaldas, dejándonos a los cuatro.

—Tosha —soltó la mujer joven, sin apartar la vista de mí.

La anciana alcanzó una cajita que tenía detrás, la abrió y sacó algo del interior: un objeto envuelto en una tela que pasó inmediata y cuidadosamente a la que estaba a cargo.

La más joven apartó la tela, revelando un pequeño dispositivo esférico. Ya me disponía a preguntar qué era cuando ella lo tocó, provocando que sus tatuajes y el propio dispositivo brillaran.

Miré a Abigail, que tenía los ojos como platos. Conocíamos de sobra ese tipo de tecnología, y nos dejó más que preocupados. Si esa gente usaba máquinas de la Tierra, cualquiera sabía de lo que serían capaces; especialmente, en lo tocante a las armas.

La joven extendió la mano con el dispositivo en la palma, que emitía una suave luz azul.

—Taloka —afirmó, mirándome.

Yo la miré, sin entender.

—Taloka —volvió a decir.

Esta vez, miré a la anciana, que se señaló la boca y repitió la palabra:

—Taloka.

—No sé lo que estáis diciendo —confesé.

—Quizá quieren que te lo comas —intervino Abigail, arqueando una ceja.

No estaba totalmente de broma, porque ni ella ni yo sabíamos a qué atenernos. ¿Cómo podíamos derribar semejante barrera lingüística? Sí, claro, había dialectos de todo tipo por toda la galaxia conocida, pero casi toda la gente seguía usando el Común E, porque era el idioma oficial del Gobierno de la Unión, de todas las organizaciones de comercio y hasta del imperio sarkoniano.

Alcancé el dispositivo, pero la mujer apartó la mano y sacudió la cabeza.

—Taloka —dijo, señalando sus labios.

—No sé lo que significa eso. Se lo acabo de decir —repliqué—. Insisten con esa jerigonza, como si tuviéramos que entenderla.

—Si volvemos a la nave, es posible que Sigmond lo pueda traducir —comentó Abigail.

La mujer volvió a extender la mano con la palma abierta y se señaló la boca.

—Taloka.

Yo suspiré.

—Esto no nos lleva a ninguna parte.

—¿Te rindes tan pronto? —preguntó Abigail.

—Yo no he dicho eso.

—Entonces, ¿cuál es el plan?

—Encontrar la forma de decirles que tenemos que volver a la superficie. Pero será un verdadero reto.

—¿Qué propones? ¿Que nos comuniquemos por gestos? —preguntó.

—¿No se te daban bien ese tipo de cosas?

—¿Por qué se me tendrían que dar bien?

Yo entrecerré los ojos.

—Se supone que analizar el lenguaje corporal forma parte de tu trabajo.

—Eso no significa que se me den bien las payasadas —dijo—. Prueba a señalar hacia arriba y decirles que tenemos que...

—¿Quieren volver a la superficie? —preguntó la mujer, hablando súbitamente nuestro idioma.

La miré fijamente, sin estar seguro de lo que acababa de oír.

—Esto… ¿cómo?

Abigail parpadeó.

—¿Acaba de hablar en…?

—Ah, veo que me entienden —dijo la joven—. Bien.

—¿Habla…? ¿Habla común? —pregunté, ligeramente boquiabierto. Aún estaba intentando procesar el asunto.

—¿Qué es *común*? —se interesó.

Abigail me miró, miró a la mujer y dijo:

—El idioma que está hablando ahora. ¿Es que…?

—Lo que están oyendo es una traducción —la interrumpió, girando la brillante esfera entre los dedos—. No conozco su idioma. La máquina habla por mí, y también por ustedes.

—¿Es un traductor automático? —preguntó Abigail.

Los dos nos quedamos embobados con el dispositivo. Los traductores móviles eran relativamente normales en la Unión, pero nunca había visto uno como ese. Tenía el mismo color que el resto de la antigua tecnología terrestre, azul y precioso; pero, por la vestimenta que llevaban esas personas, me pareció imposible que tuvieran los conocimientos necesarios para fabricar algo así. ¿Lo habrían encontrado en algún lugar de las ruinas que nosotros habíamos explorado?

—Esta máquina es una de tantas —dijo la mujer—. Tenemos un montón de tecnología, y siempre estamos buscando más. El proceso es largo y complicado, y el paso del tiempo no ha sido amable con estas grutas.

—Ah, se la encontraron… —dije—. ¿También se encontraron la vara que ha enterrado a esa criatura en el túnel?

La joven mujer miró a su anciana amiga, que asintió levemente y se inclinó hacia delante antes de decir, con un fondo de orgullo en la voz:

—No, la fabriqué yo misma. Rescate su núcleo y conecté las distintas partes. Solo los más fuertes de nosotros han conseguido hacer algo así.

—Bueno, bueno —dije yo, sacudiendo una mano hacia ella.

—¿Y el monstruo que ha matado? —preguntó Abigail.

Esta vez fue la joven quien contestó.

—Los llamamos garrasdehueso. Patrullan los túneles por los que han venido, así como las zonas abandonadas.

—¿Abandonadas? —preguntó la monja—. ¿Se refiere a las antiguas instalaciones que hemos visto?

—¿Qué tipo de nombre es garrasdehueso? —dije, casi preguntándomelo a mí mismo.

La mujer no me hizo caso.

—Toda esta estructura es obra de nuestros antepasados. La construyeron cuando llegaron a este mundo.

—¿De dónde eran? —preguntó Abby.

—De la Tierra.

Yo me enderecé, súbitamente interesado. Me importaban un bledo los animales, las tormentas de nieve y la mitad de las cosas que estaba oyendo. Mi objetivo seguía siendo el mismo que cuando oí la transmisión por primera vez: averiguar qué demonios tenía que ver aquel lugar olvidado por los dioses con la Tierra.

—¿Qué saben de la Tierra? —pregunté.

La mujer joven me miró brevemente.

—Yo le podría preguntar lo mismo, chico.

Guardé silencio, y ella me dedicó una sonrisita de satisfacción.

—Me llamo Karin Braid. Esta es mi madre, Lucía —dijo, señalando a la anciana—. Somos los líderes de este campamento. Trescientas almas en total.

Abby sonrió.

—Yo soy Abigail Pryar. y mi compañero, Jace Hughes.

—Encantada —dijo Karin, en un tono de alegría sincera.

—¿Cuántos grupos hay, además del suyo? —se interesó Abigail.

—No hay ninguno más —respondió Karin.

—¿Ni en otra parte de las instalaciones? —insistió Abigail.

Lucía, la anciana, sacudió la cabeza y dijo:

—El frío mata a todos los que se atreven a salir.

—¿Solo son trescientas personas en todo el planeta? ¿Cómo es posible? —quiso saber Abigail—. ¿No deberían ser más a estas alturas?

—¿A estas alturas? —repitió Karin.

—¿Saben cuándo se marcharon de la Tierra sus antepasados? —dijo Abby—. ¿Saben cuándo llegaron aquí?

Karin miró a su madre, que estuvo encantada de responder.

—Los registros afirman que llegaron hace más de dos mil años, aunque la colonia siguió creciendo durante mucho tiempo. Solo empezamos a ser menos cuando llegaron las tormentas y los garrasdehueso.

Yo sopesé sus palabras brevemente y pregunté:

—¿Cuando llegaron los garrasdehueso, dice? ¿Qué significa eso? ¿No estaban ya aquí?

Ella sacudió la cabeza.

—No. Por lo menos, según el guardián de los registros.

—¿El guardián? —intervino Abigail.

—Janus —dijo Karin—. Es el responsable de todos los conocimientos de nuestra historia.

—De casi todos —puntualizó Lucía.

Karin asintió.

—En efecto, de casi todos. Discúlpame.

Su madre le dedicó una sonrisa de aprobación.

—Han preguntado por la Tierra —dijo, girándose hacia mí—. No sabemos gran cosa, pero Janus afirma que nuestros antepasados vienen de allí.

—De otro mundo, muy distante —afirmó Karin.

—Las historias dicen que es un lugar lleno de vida, un lugar mejor que este —comentó Karin.

—Lo de *mejor* es subjetivo —agregué yo.

—Tal vez —dijo Lucía—. Pero, si vivieran el tiempo suficiente entre nosotros, se darían cuenta de que no hay ningún lugar peor que este.

No se lo discutí. Llevaban una vida miserable. Ellas lo sabían y yo lo sabía. No había base para un debate.

—No dejan de hablar de mundos —dije momentos después—. ¿Qué saben al respecto?

—No somos estúpidas —afirmó Karin—. Puede que vivamos bajo tierra, pero todos los que estamos aquí hemos recibido una educación y sabemos perfectamente cuándo y por qué llegamos a este planeta.

—Y también sabemos que ustedes no son de aquí —declaró Lucía.

—¿Cómo lo saben? —preguntó Abigail.

—No les pudimos mandar un mensaje porque nuestra red de defensa está desactivada, pero vimos su nave cuando entró en la órbita —explicó Karin—. Es posible que nos consideren unos salvajes, pero son las primeras visitas que hemos tenido nunca, y los vimos venir… seguramente antes de que ustedes supieran de nuestra existencia.

Y no solo eso, sino que también sabían un par de cosas sobre la tecnología terrestre.

No, no eran salvajes en absoluto. Yo era consciente de ello desde que la anciana había utilizado su vara contra el monstruo del túnel.

—Eso es cierto —afirmamos—. Bajamos a su planeta porque captamos una señal procedente de estas instalaciones. Mencionaba la Tierra, y decidimos investigar.

Karin sonrió.

—Ahora les toca hablar a ustedes. Dígame lo que sabe de la Tierra, señor Hughes.

—No mucho. Nadie ha estado allí en varios miles de años —dije.

Decidí callarme la parte sobre Atenea, Titán y Lex, que estaban muy demandados últimamente. Hasta que supiéramos más de aquellas gentes, la cautela era la mejor opción. Por lo que yo sabía, cabía la posibilidad de que intentaran robarme la nave y capturar al resto de mi tripulación. Y ya nos perseguían dos imperios.

—Lástima —señaló Karin—. Esperaba que nos pudieran decir algo más. Tal vez sobre lo que ha pasado con ella.

Yo me encogí de hombros.

—Lo siento, señora. Sé lo mismo que usted, que está por ahí, en alguna parte, pero no la he visto con mis propios ojos. ¿Por qué cree que nos hemos molestado en venir a este lugar? Su transmisión habla de un planeta que no ha visto nadie desde hace una eternidad. No tuve más remedio que investigar.

Abigail no me miró. Se limitó a girarse hacia las dos mujeres y asentir.

«Bien», pensé. «Lo ha pillado».

—Si nunca ha visto imágenes de la Tierra, debería verlas —dijo Karin—. Son increíblemente bellas. Frondosas y verdes montañas, enormes planicies e impresionantes cielos azules.

—¿Tienen hologramas de la Tierra? —me interesé.

—Los tiene Janus. Si quiere, puedo concertar una reunión —se ofreció Karin—. Está con sus alumnos, pero los podemos llevar ahora mismo.

—¿En serio? ¿Aunque nos acaben de conocer? —preguntó Abigail.

Karin sonrió.

—Son las primeras visitas que hemos tenido nunca, ¿recuerdan? Sería una vergüenza que no los tratáramos bien. Es lo que se hace con los invitados, ¿no?

—Por supuesto —dijo Abigail, sonriendo a la joven mujer.

—Además, si intentan hacer algo malo, los mataremos —dijo Lucía, que alcanzó su vara, le dio una palmadita como si fuera una mascota y me miró a mí—. ¿Entendido?

Capítulo 7

Karin nos acompañó al exterior de la estancia circular y nos llevó a otro corredor, contiguo a la sala grande por la que habíamos llegado. Pasamos por varias docenas de zonas, y empecé a pensar que aquel lugar no se acababa nunca. ¿Qué tamaño tendría?

Al cabo de unos minutos, la madre de Karin dijo algo en su idioma natal y entró en otro cuarto. Parecía tener una urgencia, pero no me molesté en preguntar. Teniendo en cuenta el estado de aquel sitio, supuse que podía sufrir cien desastres de primera categoría en cualquier momento.

—Eh, Abby —dije, acercándome a ella mientras seguíamos a Karin.

—¿Qué? No me digas que tienes que ir al servicio o algo así.

—¿Qué crees que ha pasado aquí? —pregunté, haciendo caso omiso de su comentario.

—Algo relacionado con las tormentas y los animales, supongo —contestó—. Es lo que nos han contado, ¿no?

—No sé cómo podrían aniquilar una colonia entera.

—Deberías preguntárselo al tal Janus.

—Sea quien sea —musité yo.

Pasamos junto a un grupo de hombres. Todos llevaban herramientas y partes de artefactos tecnológicos. Solo les pude echar un breve vistazo, pero llegué a la conclusión de que intentaban fabricar algo nuevo con piezas rescatadas. Si eran armas o no, lo desconocía; no lo podía saber sin preguntar, y tenía intención de hacer muchas preguntas y muy pronto. Fuera quien fuera el tal Janus, esperaba que pudiera arrojar alguna luz sobre lo que había pasado allí y el motivo por el que aquellas gentes habían quedado desconectadas del resto de la galaxia.

Karin nos llevó a una puerta abierta, y oí risas procedentes del otro lado, un sonido sorprendente en un lugar tan sombrío: eran niños, alegres y felices. Al pasar, vi que era un aula. Los estudiantes estaban sentados en el suelo, con las piernas cruzadas, mirando al profesor que estaba hablando: un hombre de cabello tan blanco como el de los demás, aunque no era exactamente igual. Cuando lo miré y se movió, creí ver un destello de luz contra su piel, como si estuviera mirando un holograma.

El profesor estaba hablando a sus alumnos en un idioma desconocido, el mismo que habíamos oído antes; pero, antes de que me pudiera interesar por lo que estaba diciendo, Karin sacó el traductor y lo sostuvo delante de ella. El artilugio emitió un suave resplandor azul y, súbitamente, el idioma se transformó en algo familiar.

—Se pueden encontrar núcleos de fusión en las tres instalaciones de este planeta, a pesar de su gran valor —decía el maestro—. Si queréis sobrevivir en las cuevas y defender la colonia, tenéis que comprenderlos a la perfección, desde su recuperación y mantenimiento hasta la forma en que funcionan. Recordad que no son objetos que abunden, y que hay que esforzarse para encontrarlos.

Los alumnos miraban a su profesor con gran interés, como si les estuviera regalando una gran verdad… los secretos del universo.

Qué diablos, quizá lo fuera. ¿Cómo lo iba a saber yo?

El profesor nos miró y me observó durante unos instantes. Me pregunté qué estaría pensando, qué pensarían todos al vernos a Abigail y a mí. No nos parecíamos a ellos. No teníamos ni pelo blanco ni ojos azules ni piel clara. Llamábamos tanto la atención en aquel sitio como Lex en el resto de la galaxia y, ahora que lo pienso, también me pregunté cómo se habría sentido si hubiera estado allí. Lex se había estado ocultando durante mucho tiempo. ¿Le habrían ido mejor las cosas si hubiera nacido en un sitio como aquel? ¿Habría sido más feliz, incluso con los monstruos y las tormentas de nieve?

—Disculpadme un momento. Parece que me necesitan —dijo el profesor a sus alumnos—. Por favor, seguid sentados y hablad bajo. Continuaremos con la lección dentro de un momento.

Los niños empezaron a hablar en voz baja, aunque sus voces se volvieron más estridentes a medida que el profesor se acercaba a nosotros. Cuando por fin llegó a nuestra altura, nos miró a Abigail y a mí, y, acto seguido, clavó la vista en Karin.

—Señorita Braid... —la saludó.

—Janus —dijo Karin.

—Veo que tenemos visitas —comentó, mirándome.

—Tenía razón. Alertó de que vendrían.

Él asintió.

—Solo era cuestión de tiempo.

Yo arqueé una ceja y dije:

—Me extraña que nuestra presencia no le sorprenda más.

—Después de dos mil años de vida, hay muy pocas cosas que me sorprendan —afimó—. He visto de todo.

—¿Dos mil años? —intervino Abigail.

Noté otro destello en Janus; esta vez, en una de sus mangas, el reflejo de una luz procedente de un sitio que no estaba allí. La clase no tenía ventanas ni fuentes lumínicas potentes, solo unas tenues lámparas en el techo. Aquel hombre... era como Atenea.

—Eres un cognitivo —afirmé.

Al oír el término, giró la cabeza hacia mí y entrecerró los ojos con repentino interés.

—¿Cómo sabe qué es cognitivo, señor...?

—Hughes —dije—, y lo sé porque ya conozco a uno. No me extraña que sepa tanto sobre tecnología terrestre. ¿Qué está haciendo en semejante sitio? ¿Estaba al mando de este lugar antes de que todo se fuera al infierno?

—Tendrá que perdonar mi ignorancia, señor Hughes, pero ¿podría hacerme el favor de decirme cómo se llama ese cognitivo?

«Mierda», pensé, comprendiendo inmediatamente que había cometido un error. Había estado a punto de decir demasiado. Cuanto menos supieran esas gentes de Atenea y Titán, mejor. Aún no sabía si podía confiar en ellos, cognitivos o no.

—No recuerdo su nombre, pero eso carece de importancia. La verdadera cuestión es qué está haciendo aquí y quién demonios son estas gentes.

—Será mejor que sigamos hablando en el pasillo exterior —comentó Karin.

—Sí, estoy de acuerdo. No quiero que los niños escuchen estas cosas —dijo Janus—. Acompáñeme, señor Hughes, e intentaré responder a sus dudas tan bien como pueda.

Yo asentí.

—Habrá que contentarse con eso.

—Bueno, ¿cuál es la historia? —pregunté en cuanto salimos al pasillo.

Janus sonrió al oír mi expresión.

—Me agrada que sea tan inquisitivo, capitán.

—La información te mantiene con vida —comenté, pensando en los animales de los túneles—. Si sabe qué puso este sitio patas arriba, dígamelo.

—Muy bien —añadió el cognitivo, girándose hacia la puerta más cercana. Se detuvo ante ella y se volvió a mirar—. Pasen, por favor.

El cognitivo atravesó tranquilamente el metal de la puerta para acceder a la sala.

—¿Siempre alardea tanto? —pregunté a Karin.

Abby, Karin y yo entramos en la estancia y cerramos la puerta a nuestras espaldas. Reconocí el diseño del sitio al instante, porque era muy parecido a las salas de Titán. Las losetas metálicas de las paredes eran iguales, lo que sugería que se podían usar para proyectar imágenes y vídeo. En el centro había una mesa, aunque no estaba tan impoluta como la que teníamos en nuestra nave. Las esquinas estaban astilladas y resquebrajadas, y habían cambiado o quitado varios sillones.

—Siéntense, por favor —dijo Janus al ver que ya estábamos todos.

Nos sentamos frente a él, juntos y de cara a la pared, que se encendió brevemente antes de ponerse negra.

Ya estaba a punto de decir algo al respecto cuando me di cuenta de que no era ni un accidente ni un fallo técnico. La imagen se enfocó más y mostró estrellas en la distancia, cercadas por la oscuridad. Era el mismo truco que Atenea se sacaba de la manga cuando convertía las paredes en pantallas, pero aquella estaba vieja y agrietada; sin duda, por haber estado expuesta muchos años a los elementos.

—¿Conoce la historia de la Tierra? —preguntó Janus al cabo de unos instantes.

—Los transitorios se fueron —dije, pasando directamente a lo que yo creía iba a ser el *quid* de la cuestión—. El resto se quedó.

—Ah, así que sabe eso. Magnifico. Me ahorrará tiempo.

Janus giró la muñeca y la pantalla cambió, mostrando un planeta. Yo no había estado nunca en la Tierra, pero la reconocí de inmediato; probablemente, por las fotografías que Freddie me había enseñado.

—La mayoría de los eternos se quedaron en la Tierra cuando los transitorios se fueron a sus secciones de la galaxia —explicó el cognitivo—. Poco después de que las naves coloniales se marcharan, el Gobierno acordó iniciar nuestro propio programa colonizador. Se hizo con intención de asegurar nuestras fronteras, por las recientes disputas entre los dos bandos.

—Yo pensaba que eso había quedado resuelto —dije, recordando que mis antepasados, los transitorios, habían abandonado la Tierra para empezar una nueva vida. Solo querían tener la oportunidad de trabajar y sobrevivir.

—Así es —dijo Janus, asintiendo—. Sin embargo, los individuos transitorios son de vida corta, y solo viven un siglo o menos. Los eternos sabían que las generaciones posteriores podían olvidar la paz por la que sus antepasados habían luchado con tanto ahínco, y decidieron tomar precauciones que garantizaran la seguridad de la Tierra. Los eternos preveían un éxodo inverso a largo plazo. Creían que los transitorios volverían y reclamarían el planeta, creyéndolo suyo por derecho natural. En consecuencia, se instalaron controles fronterizos y estaciones de seguimiento en todo el espacio de los eternos, además de colonias y puestos de investigación. Durante cinco siglos, el territorio de la Tierra se afianzó y fortaleció, asegurando su supervivencia.

—¿Este lugar es eso? —pregunté—. ¿Un puesto de avanzada de los eternos?

—Algo así —dijo Janus—. Solo iba a ser una colonia minera, pero luego se construyó una estación espacial para defenderla y se instaló una baliza de advertencia. Creo que es la señal que detectaron cuando entraron en nuestro sistema.

—No vimos ninguna estación al llegar —dijo Abigail.

—No, ya no está. La estación se salió de su órbita mil años después y se estrelló lejos de aquí, hacia el este.

—¿No enviaron a nadie a investigar? —pregunté.

—No, me temo que ya nos habíamos quedado sin naves para entonces. Las… criaturas… se encargaron de eso.

—Las criaturas —dije, y volví a mirar a Karin—. Se refiere a esa cosa que ha estado a punto de matarnos en las cuevas, ¿verdad? ¿Cómo ha dicho que las llaman?

—Garrasdehueso —contestó.

Janus suspiró, a pesar de que carecía de pulmones.

—Un nombre sencillo para un problema complicado —observó.

Yo estuve a punto de no preguntar, pero su comentario despertó mi curiosidad.

—¿Qué quiere decir con *complicado*?

—No creerá que esas bestias han estado siempre aquí, ¿verdad? —dijo él.

—¿Ah, no? —intervino Abigail—. ¿Pues de dónde proceden? ¿Emigraron a este planeta?

Janus giró la muñeca, y la pantalla que estaba a su espalda volvió a cambiar, mostrando esta vez una grabación del interior de unas instalaciones. Estaban nuevas e inmaculadas, con gente trabajando en sus salas.

—Los colonos originales tenían varios proyectos importantes. Tres, para ser exactos, y cada uno tenía su propio complejo. Uno consistía en el desarrollo de núcleos de fusión, una fuente pequeña pero excepcionalmente eficaz de energía. Quizá me hayan oído hace un momento, cuando estaba hablando de eso a mis alumnos.

—¿Núcleos de fusión? —pregunté—. ¿Son distintos a los de tritio?

Él asintió.

—Los núcleos de fusión son más manejables. Se suelen usar en los dispositivos portátiles, como el arma de Lucía —respondió—. En cambio, los de tritio son tan potentes que pueden proporcionar energía a una instalación entera, como esta.

—¿Este lugar tiene un núcleo de tritio? —me interesé.

—Sí, aunque se ha degradado con el paso del tiempo. Llevamos años buscando un sustituto viable.

Aquello me dio que pensar. Si esa gente tenía un núcleo de tritio, ¿qué otros secretos ocultaban?

—En cuanto a los núcleos de fusión, son mucho más comunes —continuó—. Pero me estoy yendo por las ramas… Los otros proyectos eran de alcance muy distinto, y estaban claramente centrados en la ingeniería genética.

Abigail se enderezó al oír el término.

—¿Ingeniería genética?

—Una de las instalaciones tenía el objetivo de crear un nuevo tipo de fauna, especialmente diseñada para limpiar el aire contaminado. La Tierra había sufrido varios problemas medioambientales, debidos a factores de todo tipo, incluido el conflicto entre los transitorios y los eternos, pero también el desarrollo de los primeros núcleos de tritio —explicó Janus.

—Un tema agreste —comenté—. ¿Adónde pretende llegar?

Él sonrió.

—Paciencia, capitán. Casi estoy llegando —aseguró el cognitivo—. ¿Están familiarizados con el origen de los eternos?

Yo asentí.

—He oído la historia. Se hicieron inmortales a sí mismos —Miré el cabello blanco de Karin—. Y no enferman nunca.

—Correcto —dijo Janus—. Todo eso es cierto. Pero quizá no sepan lo que pasó después.

—¿Después? —preguntó Abby.

—Los eternos ya habían dado un salto radical en la evolución humana con su fisiología mejorada. Ni envejecían ni morían, salvo que sufrieran accidentes imprevistos, claro. Pero nada es perfecto. Hasta los eternos tenían sus defectos y limitaciones.

—Por fin llegamos al asunto —comenté.

—En efecto —dijo Janus—. Más o menos un siglo después de que los transitorios abandonaran la Tierra, los eternos empezaron a investigar su código genético con más detenimiento, y descubrieron que estaban sufriendo algún tipo de degradación. La gente no se curaba tan deprisa como antes y, por primera vez, algunos miembros de la generación de edad más avanzada mostraron síntomas de envejecimiento.

—Luego no eran verdaderamente inmortales —dijo Abigail.

—Imaginen su temor —continuó Janus—. El pánico se extendió entre los líderes mientras intentaban encontrar una solución. Por primera vez en varios siglos, la posibilidad de morir de forma natural volvía a ser un hecho. No se podían cruzar de brazos sin hacer nada; no cuando tenían toda la fuerza de la división científica del Gobierno a su disposición.

—¿Está diciendo que la tercera instalación tenía ese objetivo? —preguntó Abigail—. ¿Encontrar la solución a ese problema?

El cognitivo asintió.

—Efectivamente, señorita Pryar. Como se puede imaginar, el proyecto tenía prioridad absoluta. Pero la opinión pública no debía conocer la situación antes de que encontraran una solución, de modo que el Gobierno trasladó la investigación a un mundo remoto —Janus se quedó en silencio durante unos segundos—. A este, para ser exactos.

—¿A las instalaciones en las que estamos? —preguntó Abigail.

—Correcto —dijo—. Y ahora, puede que se estén preguntando qué relación guarda eso con el estado actual de nuestro pequeño planeta.

—Sí, se me ha cruzado por la cabeza mientras usted divagaba —dije.

Janus hizo caso omiso de mi comentario.

—La investigación que llevamos a cabo aquí no tenía parangón. Todos los meses se lograban avances revolucionarios; especialmente, por la presión del Gobierno de la Tierra. Querían soluciones inmediatas, a cualquier precio. Y, durante el transcurso de aquellos experimentos, las cosas se torcieron.

Janus volvió a girar la muñeca, y la imagen de la pared mostró algo terrible: el monstruo que habíamos visto en los túneles, el garrasdehueso.

—Tengo entendido que han tenido la desgracia de encontrarse con uno —añadió.

Yo me quedé mirando a la bestia.

—Decir *desgracia* es quedarse cortos. No son precisamente amables.

—No, desde luego que no —confirmó—. Ni son nativos de este planeta.

—Karin ha comentado algo al respecto —dijo Abby.

—Los hicieron esos científicos, ¿no? —pregunté, mirando fijamente al cognitivo—. A eso quería llegar, ¿verdad?

Janus frunció y asintió lentamente.

—Los hicimos nosotros, capitán. Yo era el cognitivo a cargo del complejo. Tenía la responsabilidad de ayudar a los habitantes originales en su investigación, pero fracasé —Janus se giró hacia el monstruo de la pantalla, con sus fauces y sus ojos muertos que no veían nada—. En las prisas por resolver el problema de la degradación genética, se cometieron errores y se perdieron vidas. Y todo, porque no fuimos capaces de ver ni el camino que teníamos entre nosotros ni adónde nos podía llevar. Usamos ADN de los eternos y experimentamos con él con la esperanza de ralentizar el reloj.

—¿Qué está insinuando? —no pudo evitar preguntar Abigail—. ¿Que esas cosas son…?

—Humanas —la interrumpió Janus, diciendo al fin lo que yo ya sospechaba—. Lo que están viendo son los genes de los eternos en su forma más pura. A eso lleva el camino de la perdición, amigos míos. Este es el rostro de la soberbia humana.

Capítulo 8

Yo QUERÍA RECUPERAR el contacto con la Estrella en cuanto saliéramos de la reunión con Janus. Habían pasado cuatro horas desde mi última comunicación con Siggy; demasiado tiempo, sin duda. Y estaba seguro de que Freddy se estaba volviendo loco de preocupación.

—Un llave en mano —dije, mirando a Janus—. Ya sabe, un antiguo comunicador de la Tierra. Seguro que tienen unos cuantos por ahí.

—Ah, sí —dijo él—. Pero, como ya sabe, nuestra red de comunicaciones está caída, y no podemos contactar con nadie que esté fuera del complejo.

—¿No han considerado la posibilidad de repararla? —pregunté.

—Al contrario; lo hemos intentado muchas veces. El problema está en nuestro núcleo de tritio. Lleva dos mil años de servicio y, como está a punto de agotarse, solo le podemos dar un uso menor —explicó.

—Supongo que no tienen recambio.

—Bueno, los núcleos escasean bastante. Cuando se produjo el colapso, solo había tres en el planeta, uno por cada complejo —dijo—. Uno se apagó hace siglos, y el nuestro se está degradando poco a poco.

—¿Y el tercero?

—Me temo que aún no lo hemos encontrado. Lo estamos buscando, pero no me hago ilusiones al respecto.

Yo no lo podía creer. En aquel mundo había habido tres núcleos, tres. Yo había tenido que hacer un esfuerzo descomunal para conseguir uno y, si aún quedaba otro en ese planeta, la Unión haría lo que fuera por echarle mano, aunque estuviera incompleto. Razón de más para cortar aquella señal.

—Tendrán que volver a la superficie para establecer comunicación con su nave, pero eso no será un problema —dijo Janus.

—¿Que no? Hemos tardado varias horas en llegar —objeté.

Karin, que estaba charlando con Abigail a poca distancia, oyó mi comentario y añadió:

—Tenemos otras formas de movernos por aquí.

Me giré hacia ella.

—¿En serio? ¿Hay un camino más rápido?

—Por supuesto. No creerán que usamos esos túneles con regularidad, ¿no? —dijo ella con una risita—. Ya han visto lo peligrosos que son.

—Entonces, ¿qué hacía su madre en ellos? —se interesó Abigail.

—Estaba buscando cosas. Mi madre odia estar de brazos cruzados. Prefiere estar ocupada. Dice que la mantiene activa.

—¿Que la mantiene activa? —intervine—. No sabía que luchar contra monstruos carnívoros es lo mismo que hacer calceta.

Karin soltó una carcajada.

—Me aseguraré de decírselo.

Janus giró la muñeca. La imagen cambió y dio paso a lo que debía de ser un mapa del lugar donde estábamos. Una lucecita roja brilló en la pantalla, en el interior de una estancia minúscula.

—Nosotros estamos ahí —dijo Janus, antes de que yo pudiera preguntar—. Tendrán que salir y seguir en esa dirección.

Una línea salió del punto rojo y avanzó por una serie de corredores hasta desembocar en el exterior del complejo.

—Los llevaré yo misma —se ofreció Karin.

—¿Por qué? —dije yo—. No parece que esté muy lejos.

—Tendremos que pasar por un túnel —Karin se acercó a la pantalla y señaló un hueco entre los corredores—. Está aquí. No creo que haya peligro, pero nunca se sabe.

—¿Es el camino más seguro? —preguntó Abigail.

—Es el mejor que tenemos —contestó Janus—. Los garrasdehueso se mantenían alejados de bastantes túneles; pero, durante la última década, se han vuelto más curiosos. Creo que su fuente principal de alimento ha emigrado.

—Eso es irrelevante —dije, intentando acelerar el asunto—. Concentrémonos en volver a mi nave.

—Por supuesto —afirmó Janus.

—Por favor, reúnanse conmigo en el vestíbulo cuando estén preparados —ordenó Karin, que abrió la puerta—. Tengo que reclutar voluntarios.

—¿La puedo acompañar? —preguntó Abby—. Me gustaría conocer a más gente antes de que nos vayamos.

Las dos mujeres cerraron la puerta, dejándome a solas con el cognitivo. Solo tardó un segundo en romper el silencio.

—No se marche todavía, capitán —dijo—. Tengo que preguntarle una cosa.

—No lo dudo. ¿De qué se trata?

—Ustedes son los primeros que han venido a este planeta en dos milenios. ¿Cómo es posible?

—¿Que cómo? Supongo que será porque están en mitad de ninguna parte. No hay ningún túnel directo de deslizamiento. No los habríamos encontrado si no hubiéramos salido despedidos de uno.

—¿Túnel directo? No estoy seguro de entenderlo.

Me apoyé en la mesa y suspiré.

—Las antiguas naves terrestres podían abrir túneles para viajar por la galaxia. Supongo que ya lo sabe, porque usted vivió aquella época; pero quizá no sepa que esa tecnología se perdió —le expliqué—. Cuando las primeras naves de colonos abandonaron la Tierra, crearon una red de túneles de deslizamiento que hemos estado usando desde entonces. La razón de que nadie haya encontrado este planeta es que no hay ningún túnel que lo conecte a la red. O al menos, es lo que yo creo.

—Interesante —afirmó el cognitivo—. Ha dicho que salieron disparados de uno, ¿no? ¿Es que rompió?

—Alguien nos atacó y lanzó una bomba al túnel, que se quebró ante nosotros.

—Ah, comprendo —dijo, asintiendo—. Pero eso significa que nuestro sistema vuelve a estar conectado al resto de la galaxia, ¿verdad? Que su gente y la mía vuelven a estar conectadas.

—¿Por qué?

—Por el túnel del que salieron —respondió—. Ahora está abierto y, si alguien los sigue, acabará aquí. —Janus giró la muñeca para que la pantalla mostrara el planeta donde estábamos, cubierto de nieve en su totalidad—. ¿Tiene muchos enemigos, capitán? ¿Deberíamos preocuparnos?

Guardé silencio, sin saber qué decir. Por supuesto que debía preocuparse. La Unión y los sarkonianos eran mortíferos. Matarían o capturarían a todos los habitantes del planeta, les robarían toda su tecnología y desmantelarían completamente las instalaciones con tal de mejorar su armamento y tener la posibilidad de crear supuestos supersoldados.

—Sí —admití al final—. Supongo que sí.

—En ese caso, deberíamos hablar sobre lo que haremos después. ¿No cree, capitán Hughes?

—Lo primero es lo primero. Tengo que interrumpir esa señal.

—¿Se refiere al mensaje de advertencia?

—¿Al que me ha traído aquí? Sí, a ese.

—Comprendo. Le preocupa que otros la detecten y sigan sus pasos.

Yo asentí.

—Esa transmisión menciona la Tierra. Es lo que nos hizo bajar. Si no cortamos pronto la señal, la Unión podría encontrarlos, y le aseguro que no quieren eso.

—¿Por qué exactamente? ¿En qué se distinguen de ustedes?

—Su gente es distinta a la del resto de la galaxia —respondió—. Ustedes son únicos.

—¿En qué sentido?

—Karin y los demás son eternos, ¿no? Piel clara, ojos azules, curación rápida, genes perfectos. No soy genetista, pero creo estar en lo cierto.

—Conoce bien la historia, capitán —dijo el cognitivo.

—Es posible.

Él sonrió.

—Me temo que mi gente no es lo que usted imagina. Ya no tienen el ADN perfecto de sus antepasados. De hecho, es todo lo contrario —afirmó—. Viven una media de 150 años y, comparados con los transitorios, su índice de curación solo es ligeramente más alto. No tienen mucho en común con los eternos. Se podría decir que están entre los dos grupos.

—Pero todos son albinos…

—Sí, parecen eternos, pero lo demás se ha ido desvaneciendo con el tiempo. Lucía es la mayor de todos. Tiene 162 años. Pero no creo que sobreviva más de unas cuantas décadas.

Yo bufé.

—Sigue estando bastante bien.

—¿Qué esperanza de vida tienen los suyos, capitán?

—Con suerte, un siglo —respondí—. O 130 años si tienes dinero para la sustitución de órganos y la terapia genética.

—Una pena —dijo, sacudiendo la cabeza—. Esperaba que los transitorios hubieran encontrado la forma de vivir más de 150 años.

—Deles tiempo. En cuando la Unión encuentre este sitio, meterán a toda su gente en un laboratorio y los diseccionarán, cortándolos kilo a kilo.

—Entonces, tendremos que evitar ese desenlace —dijo Janus—. ¿No cree?

El vestíbulo estaba húmedo y helado, como el resto de aquel horrible lugar. No me imaginaba viviendo allí ni un solo día. Como para vivir una vida entera.

Karin y Abigail iban por delante de mí, caminando juntas, con varias personas más a nuestras espaldas: hombres y mujeres, todos con armaduras metálicas hechas con trozos de chatarra, todos con una vara en la mano. ¿Qué pensarían de mí? ¿Les parecía tan extraño como ellos me lo parecían a mí? ¿Con cuánta frecuencia veían a alguien sin piel clara ni cabello blanco? Seguramente, les parecería un monstruo.

«Lex se debe de sentir igual», pensé yo. «Aunque quizás es demasiado joven para comprenderlo».

Lucía cerraba el grupo, siguiéndonos con una lanza en la mano. Parecía una guerrera solitaria, algo que no se ve muy a menudo, salvo quizás en el fondo de un bar vacío, donde un soldado atormentado se puede sentar a solas para beber y tratar de olvidar. Un viejo soldado de una guerra olvidada.

Supuse que Lucía no habría estado nunca en una guerra —no en el sentido tradicional del término—, pero parecía acostumbrada a matar. No tuve ninguna duda de que había fantasmas en sus ojos.

Karin era todo lo contrario, por motivos evidentes. Era joven y, aunque probablemente había visto unas cuantas batallas, no estaba tan insensibilizada como la anciana. Ese tipo de cosas lleva tiempo. Pero si seguía en ese planeta hasta el fin de sus días, acabaría igual. Lástima.

«Lástima», pensé, repitiendo la palabra en mi cabeza. «Empiezo a hablar como Freddie. Seguro que ese canalla sentimental se la está machacando».

Janus me había pedido que ayudara a esa gente, que encontrara el modo de sacarlos del planeta; pero, si no me daba una idea con la que yo pudiera trabajar, no podía hacer gran cosa. Los quería ayudar, a pesar de lo que me decía el sentido común. Me sentía responsable de lo que pasaría si la Unión llegaba al planeta, porque sabía que los masacrarían; pero no podía solucionar los problemas de todo el mundo. Yo solo era un hombre.

Además, si la memoria no me fallaba, tenía mis propios problemas. Titán seguía ahí, en alguna parte, quizá buscándonos. Y, si no aparecían pronto, yo necesitaría un plan mejor que sentarme tranquilamente en aquel condenado lugar, esperando la muerte.

—Caminen juntos —dijo Karin, que miró a Abby y luego me miró a mí—. En el medio estarán a salvo.

—¿Espera un ataque? —preguntó Abby.

—Siempre —respondió Karin—. Es la única forma segura de vivir aquí. Sobre todo, si se sale de nuestra zona.

—Me parece bien —dije yo—. Vaya por delante.

Las viejas paredes de metal dieron paso a paredes de hielo y piedra. Eran iguales a las que habíamos visto al salir del almacén de la planta superior, creadas sin duda por los garrasdehueso; pero, si las criaturas eran tan hábiles, ¿por qué no habían invadido el territorio de esa gente? ¿Sería que no podían acceder a determinados sitios? ¿Habría algo en el complejo de Karin y los demás que lo mantenía a salvo de ellas?

Saqué las preguntas de mi cabeza e intenté concentrarme en el presente. Ya tendría ocasión de dar vueltas al asunto cuando perderme en mis propios pensamientos no fuera tan peligroso.

Karin alzó un puño en cuanto entramos en el pasaje de piedra. Se detuvo, y todos la imitamos, mirándola, esperando. Momentos después, bajó la mano y siguió adelante, con nosotros detrás.

Caminamos más de una hora, lenta y cautelosamente, y por buenas razones. Los animales podían aparecer en cualquier sitio y en cualquier momento, así que no debíamos bajar la guardia. Yo no dejaba de oír ruidos aquí y allá, en las grutas y los túneles; una especie de crujidos débiles y lejanos, que podían ser algo importante… o nada. Los oí durante todo el camino hasta la superficie. Estoy seguro de que, si hubiera tenido que quedarme a vivir en aquel lugar, acechado por esos ecos distantes, habría perdido la cabeza.

Cuando llegamos a la superficie, ya solo deseaba una cosa: marcharme de allí.

Capítulo 9

Mi comunicador se activó en cuanto salimos de la cueva, y oí una voz familiar en el auricular.

—¿Es usted, señor? —dijo Sigmond—. He detectado su transmisor. ¿Me recibe?

—¡Siggy! —exclamé, aliviado—. Siento haberte hecho esperar, colega.

Abigail y Karin se giraron hacia mí, probablemente sorprendidas por mi repentino arrebato.

—¿Qué estáis mirando? —pregunté, arqueando una ceja—. En fin, Siggy… estamos bien. Nos acompañan un par de amigos nuevos, pero estamos a punto de llegar. Dile a Freddie que se reúna conmigo en la bodega de carga.

—Excelente, señor. ¿Le preparo un café? —preguntó la IA.

—No estaría mal —dije, imaginando el cálido aroma y permitiendo que la boca se me hiciera agua.

La Estrella Renegada estaba exactamente donde la había dejado, aparcada en mitad de una blanca llanura, con la nieve cayendo a su alrededor.

La rampa bajó y entré en la nave a toda prisa. Freddie estaba bajando las escaleras en ese momento, y Abigail y yo corrimos a saludarlo. No quería que Karin y los demás esperaran bajo la ventisca, de modo que los invité a entrar.

—Bienvenido, capitán —saludó Freddie, con expresión de alivio.

Dressler estaba detrás de él, en lo alto de la escalera.

—¿Quién…? ¿Dónde han encontrado a esa gente? —preguntó la doctora, mirando al grupo de Karin.

Los peliblancos nativos pasaron junto a la lanzadera de Titán, que yo había dejado allí tras la última batalla. Como estábamos muy lejos de Atenea y su luna, ya no tenía energía, lo cual significaba que no sería mucho más que un pisapapeles hasta que Titán nos recogiera.

—Los encontramos en las cuevas —dije a Dressler mientras subía por la escalera.

Dressler no apartó la vista de los nativos. Los estaba examinando, absorbiendo hasta el último detalle. Sin duda, había notado lo evidente: que eran iguales que Lex y Atenea, de pelo blanco, ojos azules y piel clara. Incluso era posible que hubiera visto sus tatuajes. Era mucho más observadora de lo que parecía. Era una pena que no fuera una renegada.

—¿Ha visto algo que le interese? —pregunté al acercarme.

Por fin, Dressler me miró.

—¿Son…?

—Dejemos las teorías para cuando estemos a solas, doc —dije en voz baja, y señalé la puerta.

Ella asintió lentamente y no volvió a insistir. Por lo visto, todos esos años de guardar secretos y trabajar en un laboratorio de la Unión le habían servido de algo. Sabía cuándo cerrar la boca.

—Quédense aquí —invité a los nativos cuando llegamos a la sala común—. E intenten no tocar nada.

—¿Esta es su nave? —preguntó Karin, admirando el diseño—. Qué extraña.

—Qué maravilla, querrá decir —protesté.

—No, no me refiero a eso. Es que no se parece en nada a lo que nosotros tenemos. Como eso, por ejemplo —dijo, señalando la cercana cafetera—. ¿Qué es?

Su desconocimiento del café me pareció la peor cosa de todas las que me podría haber dicho. «Pobre niñata mimada», pensé; pero dije:

—Se lo enseñaré después.

Abigail se apoyó en la mampara de la pared, junto al sofá.

—Me quedaré con ellos mientras informas a Frederick y Dressler —dijo.

—Si quieres… —pronuncié, encogiéndome de hombros.

Los soldados de Karin se sentaron en el sofá y los sillones, con aspecto de estar completamente fuera de lugar. Tuve la seguridad de que no sabían qué pensar de todo aquello; probablemente, porque no era un gigantesco agujero de hielo en el suelo. Crucé los dedos para que no se acostumbraran. No es que yo les pudiera ofrecer exquisiteces; pero, cuando vives a base de restos, supongo que algo tan sencillo como un sofá te puede parecer un lujo.

Llevé a Freddie y a Dressler al puente y cerré la puerta. Notaba su confusión; sobre todo la de Freddie, cuya cara lucía esa expresión de perplejidad que yo había visto tantas veces.

—Antes de que alguien pregunte, la respuesta es sí. Estoy perfectamente bien —dije, apoyándome en una mampara.

—Eso no es lo que le iba a preguntar —espetó Dressler.

—Ah —dije, frunciendo el ceño a la doctora—. Y yo pensando que estaba preocupada por mi bienestar…

Ella hizo caso omiso de mi ironía.

—Lo que quiero saber es de dónde ha sacado a esa gente, por qué tienen el aspecto que tienen y por qué ha decidido traerlos a la nave.

—Es una larga historia —afirmé, intentando quitármela de encima.

—Pues empiece por el principio —sugirió—. ¿Qué pasó cuando entraron en esa cueva?

Cuando les conté todo lo que habíamos visto en los subterráneos, se me quedaron mirando, sin más.

—¿Qué pasa? —pregunté—. ¿No os gusta mi historia?

—¿Me está diciendo que hay animales ciegos capaces de atravesar la roca? —dijo Dressler con cara de incredulidad—. ¿Y que también hay humanos genéticamente alterados en experimentos que se llevaron a cabo hace cientos de años?

—Más o menos —contesté.

—Eso es una locura —dijo, mirándome con exasperación.

—¿Sabe una cosa? Yo pensaba que alguien que se ha pasado la vida haciendo el gilipollas en un laboratorio sería más abierto de miras.

—Esa es precisamente la razón por la que dudo de su historia, capitán —dijo Dressler—. Pero venga, le seguiré el rollo. Si lo que está diciendo es cierto y esa gente le ha dicho toda la verdad y no se ha inventado un cuento, eso lo cambia todo; especialmente, en lo relativo a esos animales.

—¿Qué quiere decir? —preguntó Freddie.

—Bueno, estamos hablando de humanos genéticamente alterados, ¿no? —preguntó la doctora—. Eso significa que podrían conservar algún grado de inteligencia básica. Y lo que es más importante: plantea la pregunta de qué hará la Unión si llega a entrar en contacto con esas criaturas.

—Diseccionarlas, imagino —dije.

Ella asintió.

—También está el hecho de que este planeta albergue a un linaje entero de personas que parecen tener un conjunto de genes excepcional, unos genes que solo he visto una vez, en el ADN de una niña pequeña.

Dressler carraspeó.

—Me sorprende, doc —dije, escudriñándola—. ¿Por fin se está librando de todo ese lavado de cerebro de la Unión?

Ella resopló.

—No me lavaron el cerebro, capitán. Sencillamente, estoy lo suficientemente despierta como para saber lo animosos que son los militares. Quieren mejores soldados, más datos y armas más grandes. Harán lo que sea con tal de conseguirlo, aunque implique matar a toda esa gente.

Admito que no me esperaba ese comentario. Dressler parecía la típica científica sin escrúpulos, alguien que no le hacía ascos a experimentar con una persona viva si así aumentaba sus conocimientos.

—Sé que el Gobierno está desesperado por conseguir más recursos. Como cualquier estructura grande de poder, la Unión está decidida a asegurar sus fronteras y proteger a sus ciudadanos, lo cual implica buscar y adquirir todas las herramientas que necesite —Dressler suspiró—. No siento especial cariño por la maquinaria de guerra, a pesar del papel que desempeño en ella. Puede que la violencia sea necesaria a veces; pero, si la puedo evitar, estaré encantada.

Yo me eché hacia atrás y me crucé de brazos.

—¿Qué me está intentando decir?

—Que los soldados se dejan llevar de vez en cuando —respondió al fin—. Dejan de pensar en las consecuencias a largo plazo y se concentran en el presente. Sin embargo, yo estoy en el negocio de la objetividad y, ahora mismo, solo veo a un grupo de personas que no merecen que los desmiembren y estudien en un laboratorio.

La miré durante unos momentos. Aparentemente, Dressler no era tonta. Sí, aún no era capaz de sacudirse su lealtad a la Unión; pero, por lo menos, tenía la inteligencia necesaria para reconocer los peligros de aquella situación. Sabía lo que podían hacer las personas poderosas cuando tenían cosas poderosas, y le daba pánico.

—¿Insinúa que está dispuesta a ayudarme? —le pregunté.

—Si pretende salvar a esa gente, cuente conmigo —respondió—. No por usted y, desde luego, tampoco por la Unión, sino por ellos.

—Con eso me basta.

Decidí que nos convenía que Siggy se conectara a la red y descargara toda la información que pudiera encontrar sobre el complejo.

—No debería ser un problema, señor —dijo Sigmond—. Solo necesitaré una serie de repetidores entre la Estrella Renegada y la interfaz de la red.

—¿Cuántos tenemos?

—Alrededor de ocho dispositivos.

Yo crucé las manos.

—Pues tendrán que servir.

—Me sorprende que tengas algo así en la nave —dijo Freddie al cabo de unos segundos. Estaba a mi lado, de pie, escuchando la conversación y esperando órdenes.

—Te sorprendería la cantidad de veces que tengo que hacer ese tipo de cosas en mi línea de trabajo —repliqué—. Hace cinco meses, robé ciertos datos a un traficante de armas. Fue parecido a esto… ir bajo tierra con unos cuantos repetidores y colocarlos según avanzaba. Por supuesto, no tuve que enfrentarme a animales desquiciados ni bandas de albinos, pero bueno. Se parece.

—Me alegra que sepas lo que vas a hacer, capitán —dijo Freddie.

—¿Lo que voy a hacer yo? —pregunté, mientras abría la taquilla y sacaba varios repetidores—. Tú vienes conmigo. ¿O pensabas que te ibas a librar de esta?

Freddie pareció sorprendido.

—Bueno, yo… no querría ser una carga.

—¿Una carga? Alguien tiene que llevar toda esta mierda.

Metí los repetidores en una bolsa pequeña y se la di a Freddie, que se la colgó del cinturón.

—No estaba bromeando cuando he contado lo de los garrasdehueso, Fred —continué—. Tendré que estar preparado para disparar.

Él tragó saliva.

—Bueno, vale.

Abrí otra taquilla y saqué un rifle, que le di.

—Por si acaso —dije.

—De acuerdo —afirmó, colgándoselo a la espalda—. Haré lo que pueda.

CAPÍTULO 10

ME ENCARGUÉ DE que Abby y Karin reunieran a todo el mundo en la plataforma superior de la bodega de carga cuando Freddie y yo hubiéramos terminado.

Por supuesto, repuse mi munición, porque la había gastado en el último enfrentamiento. Abby hizo lo mismo cuando apareció y, además de cambiar sus cargadores, cambió su pistola por un rifle. Necesitábamos toda la potencia de fuego posible, por si nos volvíamos a encontrar con otra criatura.

—¿Están seguros de que quieren volver a bajar? —preguntó Karin—. Puede que mi gente no los pueda proteger a todos.

Karin miró a Freddie.

—Estaremos bien —dije yo—. Además, Janus me ha prometido que usted cuidaría de mi tripulación, así que será mejor que no la cague.

—Sí, me ha comentado algo —dijo—. Y también me ha contado el motivo por el que tiene que bajar.

—Entonces, sabe lo que está en juego.

Ella asintió.

—La seguridad de los míos, que ustedes han puesto en peligro al venir a mi planeta.

—Si quiere, me puedo ir ahora mismo. Veamos quién aparece. Puede que sean amables. ¿Quién sabe?

—Tranquilo, Jace —dijo Abigail, deteniéndose a mi lado—. Haz el trabajo, e intenta no ser tan gilipollas.

—Ten cuidado con a quién llamas gilipollas —le advertí.

Dressler, Freddie, Abigail y yo nos sumamos a los nativos al cabo de unos momentos. Todos estábamos equipados y preparados, además de armados, con la única excepción de Dressler, de quien yo no me terminaba de fiar. Estaba seguro de que la doctora lo entendería; a fin de cuentas, ella tampoco confiaba en mí.

Ordené a Siggy que cerrara la compuerta y sellara la nave cuando saliéramos. Si algo salía mal y no volvíamos antes de 24 horas, tenía permiso para despegar, volver al espacio y esperar a que Atenea y Titán aparecieran.

Yo odiaba hacer planes de contingencia, porque siempre implicaban que existía la posibilidad de que no volviera. Una idea horripilante.

Nos abrimos paso por la nieve, lentamente. El frío viento me azotaba las mejillas, con más fuerza de la que me habría gustado.

Poco después de que regresáramos a los subterráneos, usando la misma entrada por la que habíamos bajado Abigail y yo, miré a Karin y pregunté:

—¿Vienen por aquí a menudo?

—Y no tenemos motivos para venir —respondió—. Recuperamos todos los recursos que había, así que concentramos nuestro esfuerzo en los compartimentos periféricos, aunque los resultados han ido empeorando en los últimos años.

—Supongo que tenía que pasar. Llevan varios siglos viviendo de los restos —dije.

—Lo crea o no, hubo un tiempo en que todo el complejo estaba lleno de tecnología altamente avanzada. Janus me ha enseñado imágenes y grabaciones de cosas increíbles —dijo, apartando la mirada.

—Sí, bueno, pero ya no queda nada —repliqué.

Entramos en el primer almacén. Abigail bajó por la escalerilla, y Freddie, Dressler y yo la seguimos, por ese orden. Dressler parecía querer explorar, pero nosotros ya habíamos explorado cuando estuvimos allí.

—Aquí no hay nada que ver —le dije—. Lo bueno está abajo, por ese camino.

Señalé el enorme agujero de la pared, y ella se detuvo y miró con asombro la destrozada pared de metal y ladrillos.

—¿Esto lo ha hecho una de esas criaturas?

—¿Usted qué cree? —pregunté.

Pasé a su lado y entré en el túnel. Notaba el miedo en el ambiente; sobre todo, el de Freddie y Dressler. Debían de estar preocupados por lo que nos pudiéramos encontrar; pero, con tantos soldados a nuestro lado, yo estaba seguro de que no corríamos peligro.

Al cabo de un rato, Karin me informó de que nos estábamos aproximando a las guardias de los garrasdehueso. Me di cuenta de que también estábamos cerca de los extraños montones de huesos que Abby y yo habíamos encontrado.

—No bajéis la guardia —dijo Karin, dirigiéndose a su grupo—. Tened los oídos y los ojos bien abiertos.

Pasamos junto a los huesos momentos después, pero algo había cambiado. Algunos ya no estaban perfectamente apilados, sino desparramados.

Por la expresión de Karin, supe que aquello no era normal y que hasta podía ser malo. La albina no dijo nada, así que la dejé en paz; pero yo no era idiota: sabía que era raro.

Karin apretó los dedos sobre su arma. Nos movimos rápidamente, y dejamos atrás la sección de las consolas encendidas.

Para entonces, Freddie y yo ya habíamos colocado cinco de los siete repetidores, que habíamos escondido entre las rocas o puesto contra las paredes, con intención de mantenerlos a salvo de los animales que pasaran por allí.

—Enviando señal de verificación, señor —dijo Sigmond, repitiendo el aviso que estaba dando cada pocos minutos.

Yo no dije nada, pero me sentí aliviado al saber que la conexión seguía abierta. Un poco más, y habríamos solventado aquel asunto de una vez por todas.

Justo entonces, alguien me puso una mano en el hombro. Me giré y vi que Dressler me estaba mirando fijamente, con ojos desorbitados. Estaba boquiabierta, como a punto de decir algo y, a pesar del frío, le caían gotas de sudor por la frente. Alzó un dedo y se tocó primero los labios y, después, la oreja.

Agucé el oído, pero no oí nada. Ni yo ni los demás. Por lo menos, todavía.

Ya me disponía a preguntar qué le pasaba cuando oímos un clanc procedente del túnel. Todos se pusieron en tensión, pero alzaron sus armas y apuntaron hacia la dirección del sonido.

Nos quedamos quietos, casi sin respirar.

Otro ruido, similar al primero, resonó en las tinieblas.

En ese momento, noté que el suelo temblaba; como había temblado la última vez que había visto a una criatura. «Ya viene», pensé, aferrado a mi rifle.

Miré el cañón de mi arma y apunté hacia el borde de la pared, junto al túnel. Una sombra apareció, avanzó tranquilamente contra la pared del fondo y dio la vuelta a la esquina. Era un minúsculo animal de pelo blanco, nariz negra y largos bigotes y orejas, que se apoyó en sus cuartos traseros y saltó hacia delante antes de pararse a mirarnos.

Noté que la tensión del ambiente se disipaba, y todos soltamos suspiros de alivio.

Uno de los soldados soltó una carcajada nerviosa y dijo:

—Solo es un since.

La pequeña criatura saltó de nuevo y arrugó la nariz y los bigotes.

Ya estaba a punto de preguntar qué era un «since» cuando noté otro temblor bajo mis pies.

Algo gruñó delante de nosotros, en la siguiente sala.

Me giré lentamente, esperando estar equivocado.

Los ojos muertos —o más bien, la falta de ojos— de otro garrasdehueso se clavaron en mí. Estaba en el umbral, encorvado.

Sin dejar de mirar al monstruo, extendí un brazo y di un toque a Abigail en el hombro. Abby se dio la vuelta, aterrada. Todos alzaron sus armas.

Karin levantó un puño, y todo el mundo esperó.

El monstruo se detuvo y crispó las orejas.

Karin bajó la mano. Los soldados dispararon y ametrallaron todo su cuerpo.

La criatura soltó otro aullido y cargó, apoyando sus largas garras en el suelo de metal.

Un chirrido agudo llenó la estancia, dañando mis oídos de tal manera que me encogí. Alcé mi rifle y disparé una ráfaga. Le dio de lleno, pero solo unas cuantas balas atravesaron su piel.

La criatura siguió adelante, a pesar de toda nuestra potencia de fuego, escupiendo y gruñendo.

Una súbita descarga de energía azul le alcanzó el costado, y derramó sangre y entrañas en el helado suelo.

Varias gotas me dieron en la cara, pero hice caso omiso y me concentré en recargar. El animal gimió ruidosamente y llenó el complejo entero con su ruido. Entre eso y el tiroteo, cualquiera sabía cuántas criaturas habrían oído el escándalo.

El animal se inclinó, se apoyó en una de sus patas delanteras y clavó la garra en el suelo antes de caer ciegamente a un lado, frustrado, sin duda. Su pata golpeó una de las consolas, la destrozó y lanzó a varios metros de distancia.

Lucía dio un paso hacia delante, hacia la bestia, y disparó su vara una vez más. La descarga dio en su estómago de lleno y la mató al fin.

La victoria no pudo ser más breve. Varios aullidos resonaron en el complejo, en todas las direcciones.

—¡Hay que moverse! —bramé, sabiendo lo que iba a pasar si nos quedábamos allí.

—¿Adónde? —preguntó Freddie.

Karin señaló el túnel por donde había llegado la bestia.

—¡Adentro! ¡Deprisa!

Nadie se lo discutió, y todos corrimos por el siguiente corredor. Oí pisotones detrás de nosotros. El suelo temblaba como en una estampida.

Dejé que los otros se adelantaran y me puse en retaguardia. Cuando Lucía y Freddie me sobrepasaron, me di la vuelta. Varias sombras se plantaron en el mismo sitio donde había estado el minúsculo animal. Un segundo después, la primera dio la vuelta a la esquina: otro garrasdehueso, seguido de otros dos.

Acerté a la rebotante bestia en la mandíbula, que cerró con una ruidosa dentellada. Se quedó de pie, con la cabeza ladeada y esa mirada vacía en sus muertos ojos, echando sangre por la boca y el cuello.

Me di la vuelta y corrí en la oscuridad, alejándome de aquella pesadilla.

Las criaturas gimieron, y llenaron los túneles con sus gritos. El suelo volvió a temblar cuando retomaron la persecución. Yo tenía la impresión de que todo el complejo se iba a derrumbar, pero no miré atrás.

Uno de los soldados tropezó y cayó al suelo en su afán por escapar. Estuve a punto de llevármelo por delante, pero, en el último instante, conseguí saltar por encima. El soldado intentó levantarse, así que lo agarré del brazo y tiré.

—¡Arriba! ¡Arriba! —grité—. ¡Muévete!

Se levantó como pudo y se unió al resto del grupo mientras entrábamos uno a uno en la siguiente sala. Karin tenía las manos en la puerta, preparada para cerrarla en cuanto estuviéramos todos.

Empezó a empujar antes de que yo llegara. Entré, me sumé a ella y empujé. Los animales seguían corriendo hacia nosotros, sin dejar de soltar sus ensordecedores aullidos. Justo antes de que cerráramos, alcancé a ver la cara de uno. Estaba tan cerca que, si hubiera extendido un brazo, lo habría tocado.

La puerta se cerró con un golpe seco, y la luz se volvió roja. Los animales se estrellaron contra ella y empezaron a golpear el metal con sus pesadas garras.

—¡No aguantará! —exclamó Lucía.

—¿De qué está hablando? —preguntó Dressler—. ¿No ve lo ancha que es?

—¡No lo suficientemente ancha! —espetó Abigail, que ya había visto lo que podían hacer esas criaturas.

—¡Exacto! —gritó Karin—. ¡Seguid adelante! ¡Todos!

Hicimos lo que dijo y salimos corriendo, poniendo tanta tierra de por medio como nos fue posible. Sabíamos que conseguirían entrar, pero les llevaría un rato; tiempo suficiente para alejarnos de las criaturas y alcanzar nuestro destino.

Karin nos llevó por un pasillo sinuoso hasta otra sala grande, donde había docenas de consolas, equipos congelados y máquinas encendidas. Ya había pasado un rato desde que había colocado el último repetidor, así que metí uno detrás de una mesa, oculto a la vista.

—¿Me oyes, Sigmond?

—Lo oigo, señor —contestó, con una voz ligeramente distorsionada.

«Eso no es bueno», me dije, aunque sabía que no se podía hacer nada al respecto. Habíamos descendido tanto que ni los repetidores podían mantener la señal con suficiente intensidad. Tenía que seguir adelante y alcanzar nuestro objetivo, con la esperanza de que el último repetidor bastara.

—¿Cuánto falta, Karin? —pregunté.

—Uno o dos pasillos —dijo, e hizo un gesto a los demás para que retomaran la marcha.

Empezamos a caminar, pero un súbito golpe sacudió la sala, haciendo que me temblaran las rodillas. Me detuve y me giré lentamente hacia la puerta cerrada.

Se oyó otro golpe y, a continuación, varios más, cada uno más fuerte que el anterior, de vibraciones que resonaban en mi pecho.

La puerta se dobló con el último impacto.

Oh, oh.

El metal se separó de las bisagras y cayó al suelo, provocando una ráfaga de aire y un estruendo ensordecedor.

Al otro lado había cuatro garrasdehueso, rugiendo y enseñando los dientes. Eran más grandes que el umbral de la puerta, pero yo sabía que eso no los iba a detener.

Di un paso atrás.

Una de las bestias gruñó y hundió las garras en el marco, intentando pasar. Las otras aullaron, empujaron a la primera con tanta fuerza que empezó a gemir de dolor.

Yo no me molesté ni en disparar. En lugar de eso, salí disparado en dirección contraria, como si estuviera poseído.

Entré en el corredor más cercano y oí cómo se rasgaba el metal cuando las criaturas lograron abrirse paso. Se oyeron varios aullidos más y, enseguida, unos tremendos pisotones.

—¡Moved el culo! —grité mientras corría.

El resto del grupo estaba delante de mí, forcejeando con otra puerta y fracasando en su intento de abrirla desde el panel de acceso.

—¡No podemos entrar! —dijo Freddie.

—¡Volad esa maldita cosa si hace falta! —exclamé, todavía a varios metros de distancia.

A la izquierda de nosotros había otro pasillo, y Dressler comentó:

—Podemos ir por ahí.

—No es la dirección correcta —alertó uno de los soldados.

Antes de que nadie pudiera discutírselo, el panel de acceso se activó.

—¡Ya está! —dijo Karin.

La puerta se abrió, y el grupo empezó a entrar.

Antes de que yo me pudiera mover, Lucía me miró con espanto y, tras gritar: «¡Al suelo!», alzó su vara hacia el techo.

No tuve que mirar hacia atrás para saber lo que estaba viendo.

Lucía solo hizo un disparo, que impactó justo encima de los garrasdehueso.

Empezaron a caer rocas y vigas de metal. La explosión había provocado una nube de polvo que avanzó hacia nosotros y me llenó los ojos y la boca.

La cercana puerta se cerró sola, y la luz del panel de acceso pasó de verde a roja, aunque yo la había perdido de vista en mitad del caos. El ambiente estaba tan cargado que no veía casi nada.

El techo se seguía derrumbando, y yo retrocedí, acercándome a la pared. Cuando el ruido cesó, un denso silencio cayó sobre la estancia.

—¡Jace! —gritó Freddie desde el otro lado de la puerta—. ¿Me puedes oír, capitán?

—¡Estoy aquí! ¡Quedaos…! —Yo empecé a toser por el polvo, y me tapé la boca con la manga. Tardé un poco en recuperarme—. ¡Quedaos donde estáis!

—¡Madre! —gritó Karin—. Madre, ¿estás bien?

Me incliné hacia delante, intentando localizar a Abby o a Lucía. Las busqué ciegamente con las manos, y toqué un gran pedazo de techo.

—¿Jace…? —preguntó alguien con debilidad.

—¿Abby? Sigue hablando.

—¿Dónde estás? —interrogó—. ¿Por qué no veo nada?

Seguí el sonido de su voz y gateé sobre las rocas y los escombros hasta que por fin le toqué un brazo. Abby se aferró a mi muñeca y se sentó lentamente.

—¿Te encuentras bien? —pregunté.

—Creo que sí —respondió, aunque noté la inseguridad de su voz. Necesitaría unos momentos para serenarse.

—Quédate quieta —dije.

Le pasé las manos por el cuerpo, buscando… bueno, no sé qué estaba buscando: sangre, heridas, una pieza de metal clavada en su estómago, cualquier cosa que pudiera ser un problema. Mis pensamientos volaban en cien direcciones distintas. Sentía pánico en el pecho y un intenso calor en las mejillas.

Pero no había nada. No encontré ninguna herida.

Me sentí profundamente aliviado al darme cuenta de que estaba bien, y di gracias a unos dioses en los que no creía.

—Espera aquí, ¿vale? —le dije, cogiéndole las manos y poniéndoselas en el regazo—. No te muevas.

—De acuerdo —musitó, aún desorientada.

Me aparté de Abby y me acerqué al montón más grande de rocas.

—¿Lucía? —pregunté.

Esperé una respuesta y, al cabo de unos instantes, seguí adelante.

Oí un grito ahogado a lo lejos, que parecía venir del otro lado de la pequeña avalancha. Supuse que las criaturas estarían muertas o heridas. Estaba seguro de que las demás encontrarían la forma de abrirse paso, pero no todavía; no con medio túnel hundido.

—Ay… —se oyó una voz entre la nube de polvo, que ya se empezaba a posar.

Seguí el sonido y me aproximé.

—¿Lucía? ¿Me puede oír?

—To… Tokalo —susurró.

Por fin, noté movimiento entre el polvo, y encontré una mano saliendo de entre los cascotes. Era Lucía. Estaba medio enterrada, con la vara a su lado.

Me acerqué como pude, y capté el olor de inmediato. Sangre, sangre en su cuello y su brazo, goteando al suelo. Intenté disimular mi preocupación.

—Ah, está aquí —dije.

Ella se pasó la lengua por los labios. Echaba sangre por la boca.

—Takalo bento sin —dijo.

—No la entiendo —repliqué, y me giré hacia la puerta de atrás—. ¡He encontrado a Lucía, pero no entiendo su idioma!

Tras una larga pausa, Fred dijo:

—¡Karin dice que el traductor está fuera de cobertura!

—Dolo —dijo Lucía en voz baja.

La anciana buscó en su bolsillo y sacó un dispositivo. Era otro traductor, como pude ver.

Lucía tocó el centro del aparato, que se iluminó. Luego, lo movió hacia mí.

—Tome —dijo.

—Mucho mejor. ¿Entiende ahora lo que digo?

Ella asintió leve y temblorosamente.

—Bien —le dije, y me guardé el dispositivo en el bolsillo—. Procure no moverse. La sacaremos de aquí.

—No… no hay tiempo —musitó—. Tienen que irse.

Abby se estaba moviendo a nuestras espaldas. Se había incorporado, recuperándose al fin de la conmoción que le había provocado la explosión.

—¿Lucía? —preguntó, deteniéndose a mi lado.

Abby hizo ademán de decir algo más, pero se detuvo; probablemente, al ver el estado de la anciana.

—No nos iremos —avisé.

—Los garrasdehueso moverán las rocas. Siempre… siempre lo hacen —susurró Lucía.

—Quizá, pero tenemos tiempo de sobra —dije yo.

Ella sacudió la cabeza y empezó a toser, escupiendo sangre.

—Mi… mi vara —dijo, palpando a su alrededor.

Alcancé el arma y se la acerqué.

—Aquí la tiene.

—Gracias.

—Jace, ¿cómo vamos a salir de aquí? —preguntó Abby—. La puerta está bloqueada.

—Por el otro pasaje —dijo Lucía—. Vayan por ahí.

—¿Qué hay en él? —me interesé.

—La única… —Su voz se empezó a apagar. Cerró los ojos un momento, como si se estuviera quedando dormida, pero los abrió de nuevo—. La única salida.

—Eh, siga despierta, señora —le rogué.

—Karin… —dijo con debilidad.

—Está en la otra sala. La verá dentro de unos minutos —le aseguré.

Cerré las manos sobre el cascote que tenía encima del estómago. Me sorprendió lo mucho que pesaba, pero conseguí quitárselo de encima y tirarlo a un lado.

Lucía se puso tensa cuando le empecé a quitar los restos que tenía sobre las piernas, más pequeños.

—Tenemos que seguir —ordenó Abigail, mirando el muro de escombros que estaba entre nosotros y los animales.

Oí los arañazos del otro lado. Las criaturas se estaban moviendo otra vez. No creía que hubieran empezado a excavar, pero tampoco tardarían mucho. ¿A qué estaban esperando? Solo lo sabían los dioses. Pero no me iba a quedar allí para descubrirlo.

—Karin, Freddie, ¿me oís? —grité—. ¿Hay alguna posibilidad de abrir esa puerta?

—Estamos en ello —respondió Dressler—. Los códigos de Karin no funcionan. Estoy intentando abrirla manualmente.

—¿Y bien? ¿Cómo va? —pregunté.

—Nada bien —dijo—. El sistema se bloquea en casos de emergencia. Tardaré un rato.

Más arañazos. Y más fuertes y ruidosos que antes.

—No tenemos tiempo —afirmó Abigail.

—Ni vamos a esperar —dije yo, tomando a la anciana de la mano—. Espero que esté preparada para salir de aquí, señora.

—¿Adónde vamos? —preguntó Abby.

Yo miré la otra salida, el único camino que podíamos tomar.

—Karin, ¿dónde acaba el otro túnel?

—En el lugar donde están las plantas —respondió al cabo de unos segundos—. Hay un pasaje que termina en la superficie, pero llegar no es fácil… y es muy peligroso.

—Tendremos que arriesgarnos. Nos encontraremos arriba. ¡Y traigan una camilla!

Miré a Lucía y añadí:

—Nos vamos, señora.

—No sea estúpido —dijo—. Déjeme aquí.

—Cállese —exclamé yo. La levanté y pasé uno de sus brazos por detrás de mi cuello—. Hoy no va a morir nadie.

Capítulo 11

Abigail y yo cargamos con Lucía mientras corríamos por el oscuro corredor, alejándonos tanto de las criaturas como nos fue posible. Los animales estaban escarbando en los escombros, y se oían las rocas y los cascotes que caían al suelo. No tardarían en abrirse paso y, cuando lo consiguieran, no podríamos hacer gran cosa por detenerlas.

Giramos en una esquina, y nos detuvimos al ver otro agujero en una pared. Di por sentado que era como los otros, y que también lo habrían hecho los animales. Eso significaba que podían estar en cualquier sitio, no solo detrás, sino por todas partes. Me maldije para mis adentros, pero perseveré, decidido a encontrar una salida.

Un minuto más tarde, llegamos a la plataforma de un enorme almacén. Pasé mi luz por la zona, y enseguida descubrí que daba a un gigantesco túnel de dos carriles, tan anchos como para permitir el paso de los vehículos, como una especie de carretera subterránea. Era la única salida que había, de modo que seguimos adelante, internándonos en él.

Lucía resollaba y tosía. Yo no dejaba de mirarla. Seguía sangrando por la boca y la nariz.

—Descansará dentro de poco —le aseguré—. Aguante, ¿quiere?

Ella respondió con otra tos, pero al menos respondió. La llevábamos entre Abigail y yo, con sus brazos por encima de nuestros hombros y su vara atada a mi espalda. Nos obligaba a ir despacio, pero no estaba dispuesto a dejarla morir en una gruta por culpa de sus heridas o descuartizada por un puñado de criaturas sanguinarias. Habría preferido pegarme un tiro antes de permitirlo.

Noté que el túnel por donde caminábamos era más largo que los anteriores y que cada vez nos alejaba más de la zona anterior. Toqué mi auricular, intentando abrir un canal.

—¿Me oyes, Siggy?

No hubo respuesta. No obtuve ni una voz distorsionada. Debíamos de estar demasiado lejos del último repetidor, y yo no llevaba ninguno. Quedaba uno, pero lo tenía Freddie.

No lo lamenté. Freddie tenía que completar la misión para que Siggy se pudiera conectar al sistema y cortara la señal. Eso era lo más importante. Si la Unión o los sarkonianos aparecían por el túnel de deslizamiento y oían a aquella mujer hablando de la Tierra, estaríamos bien jodidos.

Debía arreglármelas con lo que tenía. Sin ayuda de nadie. Solo una monja, una anciana destrozada y yo.

Y qué. Otras veces, había conseguido más con menos.

—¿Tendremos que caminar mucho? —preguntó Abigail cuando solo habían pasado unos minutos.

—Yo diría que sí —contesté—. Por lo que ha dicho Karin, termina en otras instalaciones. Quizás, en uno de los otros complejos que mencionó Janus.

—¿Otros complejos?

—Dijo que había tres —le expliqué—. Uno por cada proyecto de investigación en los que estaban trabajando cuando todo este lugar se hundió y se puso apocalíptico.

—Ah, ya me acuerdo —dijo Abby—. Uno para núcleos de fusión, uno para fauna y otro…

—Para garrasdehueso —la interrumpí—. O al menos, es lo que terminaron creando.

Seguimos por el descomunal túnel, llevando a la anciana entre los dos. No dejábamos de ver agujeros en las paredes, abiertos sin duda por los animales desde corredores contiguos. Yo tenía la impresión de que nos tenderían una emboscada en cualquier instante, pero no pasó nada, y tampoco parecía que las criaturas de antes nos estuvieran siguiendo. Quizá, porque abrirse paso entre los escombros les había costado más de lo que yo imaginaba o, quizá, porque se habían concentrado en la puerta para intentar cazar a Freddie y los otros.

De momento, no podía hacer otra cosa que seguir adelante. Y esperar que los demás hubieran logrado huir.

El túnel nos llevó a otro almacén, también parecido al primero. Había palés y equipos desperdigados por todas partes, pero pude ver que había una puerta al otro lado y que estaba cerrada. Cerrada y bloqueada, por el aspecto del cercano panel.

Cuando llegamos, puse una mano en el dispositivo, que se activó. En respuesta, mis tatuajes emitieron una suave luz azul.

Pulsé el mismo código que había utilizado Lucía:

2-0-1-1-9

La puerta se abrió, y una ráfaga de aire cálido me golpeó. Olía… raro, como la tierra tras una larga tormenta.

Hice caso omiso y ordené:

—Adentro. Vamos.

Abigail y yo pasamos a la estancia siguiente, cerramos la puerta y la sellamos.

Mi luz alumbró el espacio que había ante nosotros. Había otro pasillo, pero distinto a los demás. Las paredes estaban cubiertas de… ¿parras?

Abigail dejó a la anciana en el suelo.

—Un momento —dijo, acercándose a las parras—. ¿Qué es esto?

—Parecen plantas —dije.

—Eso es obvio —afirmó, sin ocultar su tono socarrón—. ¿Qué crees que habrá causado esto?

—¿Lo dices en serio?

—¿Por qué no lo iba a decir en serio?

—La zona anterior está llena de monstruos en el sentido literal del término. Y todo, porque un montón de científicos idiotas se pusieron chulos —dije—. Te apuesto mil créditos a que aquí pasó lo mismo.

—Es poco probable que los dos experimentos se les fueran de las manos —objetó.

Yo me encogí de hombros.

—Es posible que, cuando esas criaturas se fugaron, esto también se fuera al infierno. Y sin nadie que cuidara de las plantas, se extendieron a su antojo.

Abigail me miró fijamente.

—Sí, eso tiene sentido.

Yo sacudí la mano y dije:

—En cualquier caso, y teniendo en cuenta que esa puerta sigue en pie, sospecho que esos animales no han llegado aún a este lugar. Puede que estemos a salvo.

—Salvo que prefieran usar sus propios túneles.

—Estaremos atentos.

Me giré hacia Lucía y pregunté:

—¿Cómo se encuentra, señora?

—Preocúpense por ustedes —respondió Lucía antes de sufrir otro ataque de tos—. Yo estoy bien.

—Sí, claro.

La cogí por las piernas, y Abigail, de los brazos. Después, la levantamos y seguimos adelante.

Las parras de la pared se volvieron más anchas y densas a medida que nos internábamos en el complejo. Alcancé a ver unas raíces que surgían del pavimento, en una de las esquinas. Al parecer, las plantas se habían extendido por todo el lugar, atravesando paredes y suelos.

Me pregunté hasta dónde habrían llegado. ¿Habrían rodeado completamente el complejo? Eso parecía. Pero ¿cómo habían conseguido crecer de tal manera sin un solo rayo de luz?

Yo no era científico. No tenía ni la experiencia ni los conocimientos necesarios para saber qué significaba eso ni cómo había pasado. Supuse que algún científico habría inventado algo que les permitía sobrevivir en la oscuridad. Qué demonios, hasta era posible que se hubieran adaptado por su cuenta… no en vano, habían pasado un par de milenios desde entonces.

Fuera como fuera, carecía de importancia en ese momento. Nuestro objetivo era salir de aquel lugar y regresar a la superficie. Mis dudas tendrían que esperar.

Atravesamos dos salas antes de encontrarnos con el primer obstáculo. Las viñas habían tapado la puerta que daba a la siguiente estancia, y su capa era tan ancha como la propia pared. Yo no llevaba machete, y tampoco esperaba que mi rifle nos fuera de utilidad.

Intenté apartar las ramas, pero no lo conseguí. Eran duras y estaban férreamente entrelazadas.

—Maldita sea —dije, sin saber qué hacer.

—¿No llevas un cuchillo? —preguntó Abigail.

—Por supuesto —contesté, y saqué una pequeña hoja de diez centímetros—. Pero no creo que esto sirva. Tardaríamos horas en abrirnos paso.

—Es mejor que nada —observó ella.

Lucía nos miró con sus cansados ojos.

—Usen la vara.

Miré a la anciana que transportábamos y dije:

—¿La vara? No sé utilizarla.

—Usted tiene las marcas —me espetó ella—. Apunte y dispare.

Abigail arrugó los labios.

—¿Seguro que es una buena idea? La última vez que se usó, derrumbó un techo.

—El chico sabrá manejarla —afirmó Lucía.

Incliné la cabeza hacia la esquina del fondo de la sala, indicando a Abigail que se alejara de la puerta. Dejamos a la anciana en el suelo, agarré la vara con las dos manos y retrocedí unos cuantos pasos, hasta situarme en mitad de la estancia, con la puerta enfrente.

—¿Estás seguro de eso? —preguntó Abigail.

Mis tatuajes habían empezado a brillar cuando alcancé el arma, y una lucecita que estaba cerca del gatillo se encendió y atenuó. Apunté, me preparé para soportar el retroceso y disparé. Una ráfaga de energía surgió de la vara e impactó en mitad de la puerta con un ruido tan estruendoso que pensé que toda la sala se derrumbaría sobre nuestras cabezas.

Pero segundos después, cuando el polvo se disipó, vi que los tres estábamos bien y que el camino había quedado expedito.

—¿Responde eso a tu pregunta? —dije, mirando a Abigail. Luego, me puse la vara a la espalda y me acerqué a Lucía—. No me vuelva a llamar *chico*, abuela; salvo que quiera que la deje aquí.

Ella sonrió.

—Me gusta su actitud —dijo, y se giró hacia Abigail—. Qué suerte tiene. Es demasiado joven para mí.

Abby parpadeó.

—¿Qué…? ¿Qué significa eso?

Nos vimos obligados a detenernos. La anciana estaba sangrando otra vez y necesitaba atención.

Abigail se ocupó de atenderla. Tenía experiencia con los vendajes, y podía solucionar temporalmente el problema, pero la solución no sería duradera.

—Solo tengo que descansar —dijo Lucía—. Déjenme dormir, por favor.

Habíamos llegado a una zona donde casi no había plantas. Parecía un buen lugar para quedarse; al menos, durante unas horas. La anciana tendría ocasión de descansar y nosotros, de tomar una decisión sobre lo que debíamos hacer.

Comprobé las puertas, y las aseguré todas por si las criaturas se dejaban caer por allí. Por suerte, los cierres estaban bien y, como no teníamos intención de hacer demasiado ruido, supuse que no tendríamos visitas.

Aparentemente, estábamos a salvo. Pero, desde luego, yo no iba a bajar la guardia.

—Tengo frío —dijo Lucía cuando la tumbamos.

Me quité la chaqueta y se la puse sobre el pecho.

—Ahora estará mejor —añadí.

La anciana asintió y cerró los ojos.

Me apoyé en una pared, junto a una de las puertas. Lucía estaba al otro lado, y ya se había quedado profundamente dormida. A pesar de su impertinente actitud, debía de estar agotada. «Una dama dura», pensé.

Abby se acercó y se sentó junto a mí. Habíamos dejado mi panel de control a un metro de distancia, y su tenue luz llenaba la vieja sala. Pude ver la cara de mi compañera, cuya mejilla reflejaba el leve destello.

—¿Crees que podrás dormir? —pregunté.

—Todavía no. Tengo que calmarme antes —contestó, con la vista clavada en el suelo—. ¿Crees que lo conseguirá?

—¿Lucía? —Miré a la anciana, que estaba roncando un poco—. Claro. Es fuerte.

—Tal vez —dijo—. Es que no quiero que muera por… por nuestra culpa.

—Se pondrá bien, Abby —respondí, intentando tranquilizarla, aunque no sabía cómo.

Ella se inclinó sobre mí y apoyó la cabeza en mi hombro. Yo me sobresalté, sorprendido, pero me relajé enseguida. «Es la primera vez que hace eso», pensé.

Dejé que mi vista se clavara en su cabello. Brillaba bajo la tenue luz y, a pesar de la ingente cantidad de líos en los que nos habíamos metido, seguía tan bonito como antes.

¿Cómo me las había arreglado para acabar en aquel lugar, con aquella mujer? Siempre había estado solo, siempre harto y cansado de la gente. Nunca había querido una tripulación, ni involucrarme en los asuntos de los demás.

Pero ahí estaba, sentado en una gruta, abrazado a una monja y diciéndole que todo iba a salir bien.

La miré de nuevo, y ella se movió entre mis brazos, giró la cabeza y alzó la vista hacia mí, sin decir nada y diciéndolo todo al mismo tiempo.

«Qué diablos», pensé.

La besé, apretando mis labios contra los suyos… y, para mi sorpresa, ella me devolvió el beso, pasó los brazos alrededor de mi cuello y me acarició el pelo.

Mi mente se vació de pensamientos y preocupaciones, como si todo lo demás careciera de importancia.

Solo importaba el presente. Solo la chica.

Al final, nos abrazamos el uno al otro y nos dejamos llevar al amparo de las tinieblas de aquel antiguo y olvidado lugar.

CAPÍTULO 12

—Si no salgo, no sabré lo que hay fuera —dije.

Estaba en una bodega de carga, con mi uniforme de mantenimiento, uno de los tres juegos de ropa que tenía a mi nombre. Los otros dos estaban en mi bolsa de lona.

Teddy estaba delante de mí, con el mismo uniforme, salvo que él tenía una franja dorada en el cuello y una insignia que representaba el tiempo que llevaba de servicio; pero los dos seguíamos con el mismo rango, porque en mantenimiento no podías ascender más allá del rango que tuvieras cuando entrabas. En aquella estación solo había una forma de ascender: que el jefe se muriera o se jubilara, y había que estar loco para esperar tal cosa.

—¿Seguro que quieres hacerlo, Jace? —preguntó con su gimoteante voz.

Teddy se puso una mano en su duro y gordo estómago. Yo había visto fotos suyas, de cuando tenía mi edad, y sabía que no había tenido siempre ese aspecto; pero, cuando no se tiene cuidado, bastan unas cuantas décadas de atiborrarse de alcohol para subir de peso. Tampoco es que le importara mucho. Nunca le habían importado las apariencias.

—No me puedo quedar aquí eternamente —dije—. No te ofendas.

Él rio.

—No me ofende, pero la vida de afuera es dura, y aquí tenemos seguridad a largo plazo. Dentro de diez años, me darán una pensión. No está mal para un exconvicto, ¿verdad?

Teddy estaba en lo cierto. Si me quedaba en Talos, tendría un trabajo estable y una rutina, es decir, más de lo que podía decir la mayoría; pero trabajar cincuenta años por una pensión de mierda no era algo que me llamara la atención.

Los dos habíamos estado en Epsy, y nos habían enviado a Talos por el programa de trabajo, cada uno por distintos motivos. Teddy había robado cierta cantidad de dinero treinta y ocho años antes, y había pasado cinco años en prisión, razón por la cual no podía conseguir más trabajo que limpiar la suciedad de otros. Gracias a un amigo de su familia, consiguió un puesto en una buena empresa, que terminó enviándolo a Talos. Aquello era lo mejor que podía esperar. No había mucha gente dispuesta a echar un cable a un exconvicto.

Mi caso era diferente. Había pegado unos cuantos golpes, pero en mi adolescencia, y no conseguí otra cosa que pasar seis años en un reformatorio, del que me echaron cuando llegué a la mayoría de edad. Entonces, me ofrecieron una serie de trabajos de bajo nivel. En todos pagaban lo mismo, pero uno destacaba sobre los demás: el único que me permitía salir de allí.

Marcharme a Talos era un paso en la dirección correcta, aunque implicara limpiar retretes y arreglar cañerías.

—Sabes que no me puede quedar. Vine por un motivo, y ya tengo el dinero necesario para…

—Sí, lo sé, chico —dijo Teddy—. No hace falta que me lo digas. Tu padre era igual que tú.

Yo asentí, pero no dije nada. Teddy había conocido a mi viejo, y hasta había trabajado con él varias veces. Mi padre había llegado a la estación de Talos del mismo modo que yo: en una lanzadera, con un trabajo esperándolo. Sin embargo, él no se mantuvo leal a sus prioridades. Perdió sus sueños de vista… y cometió una estupidez.

Pero eso era mi viejo, que en paz descanse. Muerto en una reyerta de bar, en esa misma estación. Ni siquiera llegó a salir del sistema.

Yo no iba a cometer ese error. Había ahorrado mil créditos durante los seis años anteriores, lo suficiente para empezar una nueva vida. Quizá no pudiera ser un renegado al día siguiente; pero, con tiempo y dinero, lo acabaría logrando.

Solo tenía que esforzarme.

—No hagas que te maten, ¿eh? —me advirtió, rascándose una oreja—. ¡Ni rompas el contacto! No me dejes aquí, preguntándome qué habrá sido de ti. ¿Entendido?

—Te llamaré mañana por el holo —le aseguré.

Él soltó un bufido y sacudió las manos hacia mí.

—Vale, pero recuerda lo que te he dicho. En cuanto aterrices, saca parte de tus créditos y cómprate una pistola. No puedes ir por ahí sin protección. Es una pena que no puedas introducir una en la nave.

Teddy miró el transporte y sacudió la cabeza.

—Conseguiré una en cuanto llegue, y unos tallarines de Bordo.

Lo de los tallarines no era una broma, no del todo. Se suponía que la comida de Bordo era excelente, aunque Teddy y yo siempre habíamos preferido cosas sencillas. No nos iban los exotismos refinados. Una noche, mientras dábamos cuenta de unos filetes de ocho créditos, me hizo prometer que me comería algo normal cuando llegara adonde quería ir. Al final, acordamos que serían tallarines.

—¡Más te vale! —exclamó, riéndose y agarrándose la tripa—. Llámame y dime qué tal estaban.

Nos palmeamos mutuamente en los hombros, un gesto estúpido que habíamos heredado de nuestro paso por la cuadrilla de mantenimiento.

—Cuídate, Teddy —le dije.

Él asintió.

—Tú también, chico. No jodas tu vida.

—Lo intentaré.

Me eché la bolsa al hombro y me dirigí a la rampa. Él se retiró al extremo más alejado de la bodega y se detuvo junto a la puerta del pasillo, a una distancia prudencial de la plataforma de carga, para ver despegar la nave. Era más sentimental de lo que él mismo creía.

Entré en la sección de pasajeros y guardé la bolsa de lona. Me aseguré de tener un asiento de ventanilla, porque quería ver el primer túnel de deslizamiento por el que iba a pasar. Hasta entonces, solo había visto grabaciones holográficas, y tenía entendido que no estaban a la altura de la experiencia real.

En cuanto a la sección de pasajeros, estaba prácticamente vacía. No había mucha gente que se marchara de Talos en esa época del año, así que solo había un puñado de personas.

Me recosté en el asiento y empecé a dar vueltas a lo que iba a hacer cuando llegara a Bordo, donde me esperaba mi nuevo empleo. Había oído que era un lugar de oportunidades, pero no sabía nada más. Imaginaba que sería mejor que Talos. Además, la red galáctica decía que tenía los mejores trabajos para tipos como yo: gente que solo quería un sueldo, sin preocuparse por el cómo.

Cuanto antes consiguiera una nave y fuera independiente, mejor. Era la única forma de convertirse en un renegado de pleno derecho.

De momento, tendría que contentarme con salir de aquel sistema estelar, algo por lo que me había partido el culo. Sentí un hormigueo en los dedos cuando la estación soltó los anclajes, permitiendo que nos separáramos del compartimento estanco.

Los motores cobraron vida, rugiendo como truenos en una noche tranquila, y nos empezamos a mover. La estación se fue haciendo cada vez más pequeña en la ventanilla. La nave avanzaba hacia la entrada del túnel de deslizamiento, que se encontraba al otro lado del sistema.

Al cabo de unos minutos, vi que el túnel se abría para dejar pasar a otra nave, y que se cerraba segundos después de que entrara.

Cuando por fin nos acercamos, noté otra vibración. Habían activado el motor de deslizamiento, y supe que ya faltaba poco.

Siempre me había fascinado el proceso de viajar por el desliespacio. Había leído al respecto en la *redgal,* y también había visto vídeos, pero los comentaristas decían que no estaban a la altura de la experiencia real. Yo los creía. No hay nada comparable a ver las cosas con tus propios ojos. Siempre había pensado eso, desde niño. Y esa era la razón de que quisiera verlo todo.

El túnel se abrió y la nave se acercó al borde. Ya alcanzaba a ver el destello verde de las paredes interiores. Me incliné sobre la ventanilla, incapaz de parpadear o apartar la mirada.

La nave entró, y el sistema desapareció en la oscuridad del espacio en cuanto el túnel nos engulló. Salimos disparados hacia delante, entre los centelleos blancos de las paredes del túnel. Parecía cosa de magia, como el mejor viaje psicotrópico que se pudiera imaginar.

Nunca había visto nada tan bello.

—Es bastante espectacular, ¿verdad? —dijo una mujer.

No aparté la vista de la ventanilla. Fuera quien fuera, seguro que no se dirigía a mí. Había llegado solo.

—Eh, usted, el del overol. ¿No me ha oído? —insistió ella.

Me giré lentamente. Estaba sentada al otro lado del pasillo. Lleva un buen traje, el pelo por encima de los hombros y una copa en la mano.

—¿Cómo? —pregunté tontamente.

—Es la primera vez que ve uno, ¿no?

Yo sacudí la cabeza.

—Recuerdo mi primera vez —dijo, y echó un trago de su copa, que me pareció algún tipo de Martini.

—No sabía que se podía beber alcohol durante el despegue —comenté.

Ella sonrió.

—¿Por qué lleva esa ropa?

—Es mi uniforme —contesté—. Bueno, lo era. Me estoy mudando.

—¿Adónde? ¿A Bordo?

Yo asentí.

—¿Qué tipo de empleo está buscando para que haga las maletas y abandone su hogar? —se interesó.

—Trabajaba en el servicio de mantenimiento de Talos, pero no me gustaba.

Ella volvió a sonreír y dejó la copa en su bandeja.

—¿Y qué le gustaría a un hombre como usted?

—Quiero ser un renegado —dije, sin avergonzarme de mi sueño—. Y necesito dinero para poder tener mi propia nave.

—Interesante —replicó, y permitió que la palabra resonara en el ambiente antes de volver a hablar—. ¿Es un delincuente? ¿Tiene antecedentes penales?

—¿Cómo? —pregunté, sorprendido por su directísima pregunta.

—Si tiene antecedentes, le costará encontrar trabajo —comentó.

—Los tuve de adolescente, pero mi historial está limpio. Lo borran cuando cumples dieciocho años.

—¿Tiene un historial limpio y quiere ser un renegado? ¿Por qué, exactamente?

—Eso es asunto mío.

—Desde luego.

La mujer me observó con detenimiento y guardó silencio durante unos segundos. Era indiscutiblemente bella, pero no me sentí sexualmente atraído. Me sentí como si me estuvieran juzgando o sopesando.

—Un joven que sale de su hogar por primera vez, sin casi créditos a su nombre, buscando empleo… Y todo, para ser un renegado.

—Tengo dinero —dije.

—No, no lo tiene.

Yo fruncí el ceño.

—¿Cómo lo sabe?

—Lleva el uniforme de un trabajo que ha dejado —dijo, apuntándome con un dedo—. Si tuviera dinero, no lo llevaría.

Tenía razón. Había ahorrado mil créditos, sí, pero me los había gastado casi íntegramente en el billete. Me quedaba lo justo para unos cuantos meses de alquiler, pero no sobreviviría mucho tiempo sin un empleo.

Al ver que no contestaba, siguió hablando.

—Sin dinero ni trabajo, pero con el coraje necesario para subirse a un transporte y dirigirse a otro planeta con la esperanza de encontrar… una oportunidad. Eso habla bien del carácter de un hombre, ¿no cree?

Yo dudé, pero enseguida asentí.

—Supongo.

—Pues ya que está buscando una oportunidad, ¿qué le parece si le ahorro un poco de tiempo?

Echó un trago largo, dejó la copa a un lado y añadió:

—Resulta que me dedico a reclutar personas como usted para cierta organización.

—¿Personas como yo? ¿Qué significa eso?

—Jóvenes, solteras y sedientas de dinero —contestó—. Confieso que no he cumplido mi cuota en Epsy, y usted parece adecuado.

—¿Es una broma? ¿Nos hemos conocido hace noventa segundos y me ofrece un empleo?

—Tengo buen ojo para el talento —afirmó—. ¿Le interesa? Huelga decir que ni se admiten preguntas ni puedes tener ninguna objeción moral.

—¿Qué tipo de trabajo es? ¿A qué se refiere con lo de la objeción moral?

Ella arqueó una ceja.

—He creído entender que está dispuesto a cualquier cosa con tal de ganar dinero. ¿Lo he interpretado mal?

—No… lo he dicho en serio. Es que…

—No suelo hacer este tipo de cosas —me interrumpió—, pero hoy me siento caritativa, y usted ha aparecido en el lugar y el momento precisos. Puede aceptar mi oferta y empezar a ganar dinero de verdad, no las migajas que pueda sacar de un trabajo de tercera en Bordo… o puede girarse otra vez hacia la ventanilla, contemplar el desliespacio y olvidar nuestra conversación. ¿Qué va a ser?

Yo no podía creer que tuviera tanta suerte. ¿Lo estaba diciendo en serio? ¿De verdad? Me la quedé mirando, y sus serios ojos me devolvieron la mirada. No podía tener más de treinta años, pero se notaba que tenía experiencia, algo que yo solo había visto cuando vivía en las calles de Epsy. Y supe que aquello era real.

—¿Y bien? —preguntó, rompiendo el silencio.

Yo carraspeé y me lamí los labios.

—¿Cuánto? —pregunté.

Ella sonrió con satisfacción.

—Lo suficiente.

—Lo suficiente —repetí, saboreando la palabra—. ¿Hay algo que deba saber?

—No hasta que firme —respondió—. Será peligroso, pero todas las cosas buenas lo son.

Sopesé la posibilidad de decir *no*, pero solo brevemente. Parecía sospechoso, y quizá lo fuera, pero no había dejado Talos para fregar suelos en una estación de ferrocarril o arreglar las cañerías de un hotel. Me había ido para hacer algo más… para ser algo más. Si no aceptaba esa oferta, cabía la posibilidad de que no se me presentara otra.

Me incliné hacia ella, hacia el pasillo central.

—Si pagan tan bien como insinúa, puede que acepte.

—Magnífico —dijo la mujer, extendiendo un brazo—. Me llamo Eliza Jenson.

—Jace Hughes —agregué yo, y le estreché la mano.

—Encantada de conocerlo, señor Hughes —dijo con una sonrisa radiante—. Estoy deseando trabajar con usted.

CAPÍTULO 13

ABIGAIL SE MOVIÓ contra mí, pero sin despertarse. Nos habíamos quedado dormidos, con mis brazos alrededor de su cuerpo y, durante un rato, hasta olvidé dónde estaba.

Me aparté de ella y alcancé mi panel para ver la hora. La pantalla decía que habían pasado varias desde que decidimos parar. Me pregunté cuánto tiempo tendríamos que estar allí, cuándo podríamos retomar la marcha. Despertar a la anciana podía ser peligroso, teniendo en cuenta su estado.

Me levanté sin soltar el panel, intentando no hacer ruido. Estiraría las piernas y dejaría que Abby durmiera un poco más.

Un suave destello azul apareció en el sitio donde estaba la anciana.

—Chico —dijo Lucía, con un tono que me sorprendió. Tenía el dispositivo de la traducción en la mano.

Me acerqué, me senté a su lado y dije, en voz baja:

—No pasa nada. Siga durmiendo.

—El descanso es para los viejos y los muertos —afirmó, dedicándome media sonrisa—. No soy ni lo uno ni lo otro.

Yo le devolví el gesto.

—Ya lo veo.

—Me alegro por usted. Si me dejara morir, es posible que mi hija le cortara la cabeza. O su mujer —añadió, señalando a Abigail.

—¿Mi qué?

—Oh, sí —dijo, sonriendo—. No disimula tan bien como cree, chico.

—No es mi mujer.

Aparté la mirada. Era la primera vez que alguien, incluido yo mismo, se refería a Abigail y a mí en esos términos. Me pilló por sorpresa.

—Todavía no se ha dado cuenta, eso es todo —dijo, sacudiendo la cabeza—. Sé que es un poco lento, pero ya se enterará.

—Cierre la boca, abuela —dije, levantándome—. Está senil.

Ella cerró los ojos y soltó una risita.

—Niños —se dijo a sí misma—. Demasiado ciegos para ver el sol.

Abigail despertó poco después.

—Nos tenemos que ir —dije, pasándole rápidamente su ropa—. ¿Estás preparada?

Ella alcanzó sus prendas y asintió.

Esperé a que se vistiera, y la miré en silencio mientras se vestía. Cuando terminó, nos acercamos a la anciana, que se había sentado por primera vez.

—¿Ya es hora de irse? —preguntó.

—Pensaba que estaría aburrida de descansar en la oscuridad —comenté.

Ella rio.

—De estar tumbada, quizá.

Abigail se inclinó sobre ella.

—¿Sabe cuánto falta para salir de este lugar?

—Tendemos a evitar este sitio. La salida está más adelante, pero cruzar no es fácil —les advirtió.

—Encontraremos un modo —afirmó Abigail.

La anciana bufó.

—Veremos lo que dice cuando lo vea.

La cogimos por los brazos y las piernas, y retomamos nuestra marcha por los corredores, dejando la estancia atrás. Al otro lado, había más vegetación; más parras en las paredes, con brotes que asomaban por las hendiduras del suelo, y plantas azules y amarillas que colgaban del techo.

Mi luz parecía titilar en los pasillos cuando alumbraba la vegetación. Yo me sentía como si estuviéramos entrando en las fauces de un animal. Me daba escalofríos.

—Cuidado —dije, pasando por encima de unas plantas. No quería que se nos enganchara un pie, soltáramos a Lucía y se rompiera la cadera.

Avanzamos cuidadosamente hasta llegar a la siguiente puerta. Tuve que sacar el cuchillo para hacer palanca, apartar los enormes hierbajos de la pantalla táctil de la pared y acceder a los controles. En cambio, la puerta estaba prácticamente despejada, y solo tenía un puñado de maleza, aferrada a sus fisuras.

Cuando la puerta se abrió, entramos y la cerramos.

Me detuve de inmediato, sorprendido por lo que vi a continuación.

En el suelo había un agujero tremendo, casi un cráter, que ocupaba todo el centro de una gran estancia. En el interior del agujero se movía una increíble cantidad de plantas, oscilando juntas, y todas eran de formas distintas. Por debajo de ellas se alcanzaba a ver una luz suave, procedente de una de las paredes del pozo. En el lado contrario había una escalera que ascendía. «Será por ahí», pensé.

—¿Qué es eso? —preguntó Abigail, alejándose del agujero.

—He dicho que no sería fácil —le recordó la anciana.

A ambos lados del abismo, en las paredes, había una pequeña cornisa con suficiente espacio para pasar.

—Lo conseguiremos si vamos despacio y con cuidado —dije.

—No es tan fácil —insistió Lucía.

—¿No cree que podamos cruzar? —cuestionó.

La anciana señaló una piedra pequeña situada a poca distancia.

—Pásemela, ¿quiere? —dijo.

Abigail alcanzó la piedra y se la dio. Lucía la tiró hacia el pozo, pero con intención de que cayera a un metro del borde, cosa que hizo.

—¿A qué ha venido eso? —quiso saber Abby.

—Espere —se limitó a responder.

Oí que algo se movía, pero no vi nada.

—¿Soy el único que oye eso? —pregunté. Sonaba como el agua fluyendo de un grifo.

Lucía alzó un dedo y apuntó hacia la piedra.

—Miren.

Lo vi antes de poder decir nada. Era la rama de una parra, que se movió sola, llegó al borde del pozo y avanzó culebreando, como si fuera una bestia, directa hacia la piedra. Cuando llegó a su objetivo, se cerró sobre él y lo arrastró al agujero, hasta desaparecer en la oscuridad.

Yo ya había visto plantas que se podían mover, pero solo en grabaciones holográficas. En algunos planetas había selvas móviles, con árboles y plantas que atacaban a los viajeros incautos si se acercaban en exceso. No había muchas, no, pero había.

—¿Está diciendo que ese pozo nos atacará si nos acercamos demasiado? —pregunté.

—Hará algo más que atacarnos —dijo Lucía.

Alcancé otra piedra, con intención de probar el alcance de aquella criatura. ¿O eran criaturas? ¿Cuántos organismos distintos estaba viendo en ese momento? ¿Estarían interconectados?

Me encogí de hombros y lancé la piedra, que cayó a dos metros del agujero.

De nuevo, una rama apareció, agarró la piedra y la arrastró al interior.

Dos metros era mucho alcance.

—Mierda —dije.

—Lo sé —corroboró Lucía.

Encontré otra piedra y tiré de nuevo; pero esta vez, para que se quedara más cerca. Cayó al suelo y rodó medio metro antes de detenerse.

Esperamos a que aparecieran las ramas, pero no aparecieron. Por fin estábamos llegando a alguna parte.

Volví a probar y lancé una cuarta piedra de tal modo que cayera a la misma distancia del pozo que la anterior. Cayó, rodó un poco y se detuvo. Tampoco apareció ninguna rama. Excelente. Siempre me había gustado la coherencia.

—¿Y ahora qué? ¿Cómo vamos a pasar? —preguntó Abigail.

—Normalmente, nos mantenemos lejos de esta parte de los túneles —declaró Lucía.

Yo sacudí la cabeza.

—Pues nosotros no tenemos esa opción. ¿Sabe cómo cruzar? Ella asintió.

—Solo he estado una vez en este sitio, cuando era más joven que ustedes. Varios amigos y yo intentamos cruzar el pozo. Todos lo cruzamos con suficiente rapidez; todos menos uno, un chico llamado Chalter. Las parras se cerraron sobre su tobillo y lo arrastraron dentro.

—¿Chalter murió? —dijo Abigail.

—El pozo se lo llevó. Yo ya había cruzado, aunque las plantas estuvieron a punto de alcanzarme, pero cuando él intentó seguirnos… —la anciana suspiró—. Lo alcanzaron. Los demás no pudimos hacer nada salvo mirar.

Yo me di cuenta de que el recuerdo le resultaba doloroso. Lucía no quería estar allí. Hasta podía ser cierto que no hubiera vuelto desde aquel accidente. Pero eso era el pasado, y nosotros no nos podíamos dar la vuelta.

—¿Hay otro camino? —preguntó Abigail.

—Podemos ir al tercer complejo —contestó—. Hay otra carretera, parecida a la anterior. Allí no hay plantas.

—¿Cuánto tardaríamos? —me interesé.

—Un día más. Y hay más garrasdehueso. Otra guarida.

Sopesé la opción. Podíamos esperar y jugar seguro, explorando el terreno previamente. Teníamos armas y, en consecuencia, una posibilidad decente de conseguirlo, pero las cosas se podían complicar. La anciana ya había estado a punto de morir en el derrumbe.

No, no iba a cambiar una situación peligrosa por otra. No tenía ni idea de lo que encontraríamos en aquel túnel; no tenía ni idea de cuántas criaturas vivirían allí. Pero conocía esa situación: veía el peligro, justo delante de mí.

—Cruzaremos —dije, sin asomo de duda en mi tono de voz.

—¿Cómo? —preguntó Lucía—. ¿Pretende lanzarme por encima del agujero?

Alcancé la vara que llevaba a la espalda y la giré entre las manos.

—¿Se siente capaz de volver a usarla? —dije yo.

—¿Adónde quieres llegar, Jace? —intervino Abigail.

La anciana extendió un brazo, alcanzó la vara y dijo:

—Conozco mi arma.

—Me alegro —agregué—, porque voy a necesitar que haga exactamente lo que yo le diga.

Atamos a Lucía a mi espalda, con sus piernas alrededor de mi cintura. En cuanto estuvo amarrada, di unos cuantos pasos para asegurarme de tener la flexibilidad necesaria para moverme.

Mi panel estaba en el suelo, con la luz a plena potencia. Era tan intensa que iluminaba casi toda la estancia, pero solo la parte superior del pozo. Yo podía ver las plantas, moviéndose y bailando contra las paredes de la sima.

—¿Estás seguro de esto, Jace? —preguntó Abigail.

Me di cuenta de que Abby estaba más preocupada por Lucía y por mí que por ella misma. A fin de cuentas, los dos tendríamos que cruzar sin más apoyo que un simple par de pies.

—Estaré bien —dije—. No te preocupes.

—Yo lo protegeré —dijo Lucía, guiñando un ojo a Abigail.

Caminé hacia el lado derecho del pozo y me detuve junto a la tercera roca que había tirado, una de las dos que las ramas no habían cogido.

—¿Preparada? —pregunté, mirando a Abigail.

Ella asintió desde el otro lado de la sala, esperando mi señal. El abismo estaba justo delante de ella.

—Preparada —contestó.

Lucía agarró la vara con las dos manos y la apoyó en mi hombro para apuntar mejor.

Yo desenfundé mi pistola. Con la anciana a la espalda y la vara contra mi hombro, sostener un rifle habría sido complicado; pero la pistola me daba más libertad de movimientos. En cualquier caso, tendría que servir.

Incliné la cabeza para mirar a Lucía.

—Será mejor que no me dé a mí cuando dispare —le advertí—. Ni que me dé ni que provoque un derrumbamiento.

—No se preocupe. La he puesto a mitad de potencia —me aseguró.

—¿Bastará para hacer el trabajo?

—No son garrasdehueso. La mitad de potencia debería ser más que suficiente.

Yo asentí.

—Bueno, Abigail —dije, alzando mi voz para que me pudiera oír desde el otro lado—. Espera al primer disparo y muévete entonces.

—Comprendido.

Lucía se retorció a mis espaldas, apuntando hacia el pozo.

—Preparada —dijo la anciana.

Yo respiré hondo.

—¡Ahora!

El extremo de la vara emitió una ráfaga de energía azul que pasó por encima del abismo e impactó en la pared contraria. Un gran racimo de plantas se desprendió, dejando un hueco entre las demás.

Al mismo tiempo, Abigail se puso en marcha, dirigiéndose rápidamente hacia la estrecha cornisa.

Las plantas se movieron en el interior de la sima, reaccionando a la descarga y, en algunos casos, avanzando hacia el hueco recién creado. Tal y como yo había supuesto, les atraía el movimiento, aunque fuera peligroso. Lo suyo era instinto puro.

—Otra vez —dije a Lucía.

La anciana disparó de nuevo, acertando a las plantas y consumiéndolas en un brillante destello azul.

La mayoría se volvió a mover; pero esta vez, hacia el segundo impacto. Me sentí aliviado al ver que la mitad del pozo reaccionaba a las explosiones.

Me giré hacia Abigail y descubrí que estaba cerca de llegar al final, aunque la cornisa se estrechaba tanto que había tenido que reducir el ritmo. Un par de pasos más y estaría al otro lado.

De repente, una rama surgió del pozo y se dirigió hacia sus pies. Abby se apartó rápidamente, impidiendo que la atrapara.

—¡Muévete, Abby! —grité, alzando la pistola e intentando apuntar.

La rama siguió hacia ella, girando y serpenteando por el abismo. Luego, se detuvo, retrocedió y dejó paso a dos más. En cuestión de segundos, aparecieron varias, procedentes de direcciones distintas.

—¡Vuelva a disparar! —grité a la anciana.

Lucía apuntó y disparó otra vez. La ráfaga impactó en el pozo, pero no demasiado cerca de Abigail. No queríamos que la vibración la desequilibrara y la hiciera caer accidentalmente.

Las plantas reaccionaron de inmediato. Se alejaron de ella y giraron hacia el lugar del impacto.

Abigail llegó al otro lado, y yo sentí un inmenso alivio.

—Ya era hora —dijo Lucía—. Noto que sus hombros se han relajado. Estaba preocupado.

—Cállese —repliqué, caminando hacia el sitio del que había partido Abigail—. Limítese a utilizar bien esa vara suya.

—Siempre la uso bien.

Doblé ligeramente las rodillas, preparándome para correr. Después, respiré hondo y dije:

—Vale… ¡Ahora!

Lucía disparó por encima del hombro y empecé a correr. El disparo dio justo debajo del borde del pozo, muy cerca de sus disparos anteriores. Las plantas se empezaron a mover hacia el punto de impacto, reaccionando instintivamente a las vibraciones.

Llegué a la estrecha cornisa y avancé hacia el otro lado, intentando mantener el equilibrio. No podía acercar la espalda a la pared porque llevaba a Lucía, de modo que tenía que caminar de frente. Y era más difícil de lo que había imaginado.

Al dar otro paso, noté el siseo de las plantas que se movían bajo mis pies. El abismo había cobrado vida, rebosante de actividad, con todas las parras culebreando al unísono.

La anciana me apretó el hombro.

—¡Cuidado! —bramó—. ¡A sus pies!

Una parra había salido del pozo y se acercaba a mis tobillos. Me aparté, la apunté con mi pistola y disparé.

La bala atravesó la amarilla rama, partiéndola por la mitad. La planta se detuvo y retrocedió momentáneamente antes de intentarlo de nuevo. Parecía decidida a alcanzarme, a pesar del daño sufrido.

Justo entonces, aparecieron dos ramas más, que siguieron a la anterior y avanzaron hacia mí.

—¡Use la vara! —exclamé—. ¡Dispare a algo!

Lucía se giró y estabilizó el arma. Yo aproveché la oportunidad y disparé a las plantas más cercanas, burlando sus ataques. La vara de la anciana emitió una ráfaga que terminó al otro lado del pozo;

pero esta vez, las plantas de abajo no reaccionaron igual: siguieron hacia nosotros.

—¡Mierda! —grité, sin dejar de disparar.

El cargador estaba casi vacío, y no podía seguir disparando a ese ritmo, pero aún faltaban media docena de pasos para llegar al otro lado.

—¡Dispare, Lucía! —bramó Abigail—. ¡Dispare a la cornisa!

Una rama se cerró sobre uno de mis tobillos. Tiró lo justo para detenerme y, a continuación, apretó. La presión aumentó de tal manera que me empezó a doler.

Yo empujé con el otro pie, y perdí el equilibrio. Caí sobre una rodilla, pero la planta no me soltó el tobillo.

—¡Dispare! —me desgañité—. ¡Maldita sea!

Abigail se acercó rápidamente al pozo, con su rifle preparado. Antes de que ella pudiera hacer nada, resbalé y acabé con casi todo el cuerpo dentro del pozo.

Lucía se giró a mi espalda, a punto de disparar.

—¡Aguante! —gritó.

Yo me aferré al borde con las dos manos.

—¡Vamos! —le dije.

La anciana apretó el gatillo. La ráfaga alcanzó su objetivo, situado a un metro de mi pierna, y reventó las ramas. La fuerza de la explosión nos golpeó, aplastándome contra la pared.

Perdí la sujeción y me precipité entre las parras. La luz de abajo era cada vez más potente. Extendí un brazo y agarré una rama con la mano, pero me solté y terminé en el suelo, donde me caí hacia delante.

—¡Jace! —oí gritar a Abigail.

—¡Estamos bien! —contestó Lucía, quien se las había arreglado para seguir sobre mi espalda a pesar del caos.

Gemí y me empecé a incorporar. La luz era más intensa ahora, y llenaba toda la zona que estaba frente a mí. Me puse en pie y vi que estaba en un saliente del interior del abismo. Delante había un túnel y unas enormes raíces pegadas a las paredes, entretejidas con la tierra. Al fondo, estaba el origen de la luz: una máquina, encendida y activa, prácticamente rodeada de raíces.

Avancé, alejándome del saliente. Allí no había parras. Solo había caído unos cuantos metros, pero no intentaron acercarse.

La luz, potente y suave, surgía del centro del dispositivo. Al acercarme, me di cuenta de que el diseño me resultaba familiar. Era un núcleo de tritio, igual al que había robado a la Unión y llevado a Titán.

—Por todos los diablos —musité.

—¿Qué pasa? —dijo Lucía, que no podía verlo.

Me giré para que ella también pudiera mirar. Lo observó durante unos segundos y preguntó:

—¿Qué es eso?

—Un núcleo —contesté, acercándome un poco más—. Uno especialmente potente.

Imaginé las posibilidades de tener otro núcleo; sobre todo, teniendo en cuenta lo que había costado conseguir el anterior. Era posible que, cuando Titán nos encontrara, necesitáramos una fuente energética de reserva. Y yo me acababa de topar con una. No me podía marchar tranquilamente, ni aun estando sobre la barriga de un gigantesco vegetal comehombres.

Me acerqué más, para observarlo con detenimiento. Las raíces habían encontrado la forma de introducirse en la máquina y casi rodeaban el núcleo. Agarré la tapa e intenté tirar, pero estaba demasiado encajada entre las raíces. Saqué el cuchillo y empecé a cortar la planta, lo justo para sacar el núcleo de la estructura donde estaba.

Al final cedió, y lo pude extraer.

La luz del artilugio se volvió más tenue, y el túnel se oscureció hasta quedar prácticamente a oscuras, como si la máquina hubiera perdido casi toda su potencia. Solo quedaban unas cuantas lucecitas activas, brillando en la nueva penumbra.

Las raíces temblaron de repente e hicieron estremecer las paredes.

—¿Qué ha sido eso? —pregunté, mientras metía el núcleo en mi bolsa.

—Nada bueno —dijo Lucía, preparando su vara—. No sé lo que ha hecho, pero…

Antes de que Lucía pudiera terminar la frase, el suelo tembló de tal forma que estuvo a punto tirarme. Las raíces se movieron de su sitio, tirando la tierra de las paredes.

—¡Hora de irse! —dije, alejándome de la máquina.

Las ramas de alrededor del túnel ya estaban avanzando. Saqué el cuchillo y ataqué, cortándolas a medida que se acercaban.

—¡Gíreme! —ordenó Lucía.

Lejos de discutírselo, giré sobre mis pies para que pudiera ver. Disparó la vara, soltando una ancha ráfaga que volatilizó las plantas cercanas al túnel.

Corrí al saliente y me asomé el abismo, abarrotado de cosas que se movían, reaccionando todas a nuestros movimientos.

Abigail también se asomó, y nos miró con expresión de espanto. Sacudí el cuchillo para llamar su atención.

—¿Hay algo ahí con lo que nos puedas ayudar? —pregunté.

—¡Espera! —replicó, y desapareció de la vista.

En ese momento, me di cuenta de que Lucía estaba haciendo algo con su arma.

—¿Todo bien por atrás? —dije.

—Estoy cambiando la configuración —contestó.

Yo solté una estocada a dos tallos del suelo, que corté.

—¿Para qué?

—Para desbrozar la pared sin provocar un hundimiento —la anciana terminó de configurar la vara, y yo oí que el arma se reajustaba automáticamente, reprogramándose—. Ya está. Póngame en posición. Despejaré esa zona y subiremos.

—¡Hecho!

Agarré mi rifle, planté firmemente los pies y la coloqué en el mejor ángulo posible, hacia Abigail.

Ella apretó el gatillo, y el arma soltó un flujo ininterrumpido de energía azul que barrió la pared poco a poco, de arriba abajo.

—¡Tardará unos momentos! —gritó, apenas inteligible contra el ruido del arma.

Yo esperaba que las ramas nos atacaran de nuevo, pero parecían más preocupadas por el caos que Lucía estaba provocando. Se acercaron más a la zona de impacto, y el chorro de energía las consumió.

Eché una mirada por encima del hombro. Abby había asomado la cabeza otra vez, y sacudía la mano con algo entre los dedos. No supe si era una soga o unos trozos de tela, atados.

Cuando Lucía terminó de limpiar la pared, hice un gesto a Abby para indicarle que ya podía tirar la cuerda. Y justo entonces, el suelo volvió a temblar.

—¿Qué pasa ahora? —protesté.

Un gimoteante aullido resonó en el pozo, estremeciéndome y dañando mis oídos como el más agudo de los chirridos.

—¡Allí! —exclamó Lucía, señalando el centro de la sima.

Al mirar, vi que las parras se empezaban a dispersar, alejándose del centro, revelando un tipo distinto de planta.

—¡Muévete, Jace! —dijo Abigail, soltando la cuerda.

La agarré, salté por encima del pozo y planté los pies en la pared que Lucía acababa de despejar.

—¡Dispare, Lucía! ¡No deje que esas cosas se nos acerquen! —bramé.

La anciana disparó, y oí el impacto de varias ráfagas en las paredes más alejadas. Las ramas que se nos estaban acercando abandonaron su persecución y se alejaron, preocupadas por las otras explosiones. Asombrosamente, aquello iba a funcionar.

Echando mano de todas mis fuerzas, empecé a escalar, con Lucía a mi espalda. Abigail sostenía el otro extremo de la cuerda, y usaba su cuerpo como contrapeso para ayudarnos a ascender más deprisa. Subíamos con rapidez, y faltaba poco para alcanzar nuestro objetivo.

Me agarré al borde del abismo y, a continuación, pasé un codo y una pierna por encima. Abigail me agarró del brazo y tiró, pero no antes de que algo me volviera a agarrar la pierna. Más ramas.

Se enrollaron a mi alrededor, intentando arrastrarme al fondo. Ahora tenía una en cada tobillo, y otra en el muslo.

—¡Jace! —gritó Abby, y empezó a disparar. Pero cada vez llegaban más, y casi no distinguía entre ellas.

Noté que me resbalaba, incapaz de avanzar.

—¡Lucía! ¡Use la vara!

La anciana giró su arma, y estuvo a punto de darme un golpe en la cabeza, pero consiguió hacer un disparo. Destrozó dos ramas, y parte del saliente en el que habíamos estado.

Una vez más, estuve a punto de caer; pero Abigail me cogió de la mano. Por desgracia, el súbito tirón hizo que a Lucía se le escapara la vara, que cayó al pozo, hacia el abismo de abajo.

—¡No! —aulló Lucía, estirando un brazo inútilmente.

Abigail me subió al fin, y yo me alejé a toda prisa del borde.

Corrimos hacia la escalera, con un rumor estruendoso a nuestras espaldas. La última ráfaga de Lucía había resquebrajado el suelo, y se estaba hundiendo en la zona contigua al pozo. Me detuve a un par de pasos de la escalera y contemplé aquella locura.

Las grietas se extendían cada vez más, destrozando el suelo en varias direcciones y volviendo locas a las parras.

—¡Se va a hundir! —gritó Abigail, tirándome de la manga.

Seguí a Abby por la escalera, subiendo los escalones de dos en dos, pero me volví a parar antes de llegar a lo alto.

El abismo se estaba ensanchando a nuestros pies, y vi rocas y trozos de metal que caían sobre el mar de brazos, de las parras que se movían bajo el propio pozo. En el centro, donde estaba el corazón de la sima, había algo gigantesco, que abría y cerraba sus lados como si fuera una boca.

Una mano se cerró sobre mi barbilla.

—¡Suba, maldito idiota! —me gritó Lucía al oído. Y me pegó un bofetón en la mejilla—. ¡Arriba!

Parpadeé, expulsé de mis pensamientos lo que acababa de ver y, sin pensar en nada más, corrí escaleras arriba, hacia las tinieblas. Había una luz, un desgarrón en el velo, pero estaba muy lejos de nosotros.

Abigail llegó antes e introdujo el código en el panel de la escotilla. No se abrió, lo que significaba que tendríamos que forzarla.

Cerré la mano sobre la palanca del control manual y tiré, moviéndola lentamente de derecha a izquierda. Abigail empujó la escotilla con la espalda y las manos, apretando los dientes mientras echaba los restos para poder abrirla.

Me sumé a ella un segundo después, y empujamos entre los dos.

La escotilla rechinó al fin, y un suave haz de luz llenó la arcana escalera.

Capítulo 14

Corrimos por bajo nieve, intentando alejarnos de la escotilla. Cuando ya estábamos en mitad de la blanca explanada, la tierra tembló con tanta intensidad que estuve a punto de caerme de rodillas.

Abby me cogió del brazo para ayudarme a mantener el equilibro.

—¡Sigue! —gritó entre el ruido.

Lucía seguía atada a mi espalda, lo cual complicaba las cosas, pero no iba a permitir que eso me detuviera.

Avanzamos fatigosamente, poco a poco, sin parar. Cuando ya nos acercábamos a un risco, me giré y vi que la escalera se estaba hundiendo sobre sí misma. Luego, la dura nieve se agrietó en todas las direcciones y se rompió como un cristal antes de hundirse también.

Lucía me dio en el lateral de la cabeza.

—¡No se pare ahora, chico!

Yo me pasé la mano por los ojos y la nariz, para quitarme la nieve. Ante mí, había una formación rocosa que terminaba en la base del risco. Tenía más piedras que nieve, y pensé que sería un lugar más seguro.

—¡Por aquí! —grité, señalando el lugar—. ¡Vamos!

Abigail me siguió mientras yo ascendía por la pendiente, con sumo cuidado. Si resbalaba, podía hacer daño a Lucía y, aunque fuera fuerte para ser una anciana, supuse que sabría vivir sin una herida más.

Ya estábamos a medio camino de la cumbre del risco cuando oí la explosión. Me giré hacia la explanada y vi una nube de nieve. «La escalera se ha terminado de hundir», pensé antes de seguir subiendo.

Llegué a las peñas de arriba y ofrecí una mano a Abby, que la aceptó y se encaramó al borde del risco.

—¿Estáis bien? —preguntó ella.

—Lo estamos —dije—. Pero no duraremos mucho si no encontramos un sitio donde resguardarnos de la tormenta de nieve.

—¿Puedes comunicarte con Siggy desde aquí?

—Lo intentaré —dije, y me toqué el auricular para abrir un canal—. Siggy, soy Jace. Responde.

—Ca... tán, hay interfe... la tormen... —respondió Sigmond, con voz entrecortada y distorsionada.

—¡Repite! —le ordené—. ¡Siggy, no te oigo bien!

—Lo sient... capi... repito... estátic...

—¡Por todos los dioses! —bramé—. Odio este planeta.

—No es el único que lo odia —añadió Lucía.

—O esperamos a que amaine la tormenta o nos acercamos más a la nave —dije.

—¿Tan débil es la señal? —preguntó Abigail.

—En un día despejado y sin interferencias, mi comunicador tiene un alcance de dos kilómetros —respondí—. Pero estamos bajo un torrente de nieve, y no tengo ni idea de dónde nos encontramos.

—A medio día de camino —afirmó Lucía.

—Vale, pues no estamos cerca —repliqué, y miré a la anciana por encima del hombro—. ¿Alguna sugerencia?

—Conozco un sitio, pero no estoy segura de que nos convenga —contestó.

—Si sabe de un sitio, dígalo —intervino Abigail.

Lucía suspiró y apuntó hacia mi derecha, hacia el sol naciente.

—Por allí. Busque otro risco.

Yo di un paso y me sacudí la nieve de la bota.

—¿Adónde nos lleva exactamente? —me interesé—. Espero que no sea otro complejo.

—No, no es nada parecido —respondió, con voz cada vez más dulce—. Hay un hombre que vive por aquí. Un conocido mío.

Avanzamos contra el viento, sobre una capa cada vez más ancha de nieve. Lucía se apretaba contra mi espalda, intentando hundir la cara en mi chaqueta. Las almohadillas caloríficas de mi ropa hacían lo posible por equilibrar mi temperatura corporal, pero sin poder quitarme el frío por completo. No alcanzaba ni a imaginar cómo se sentiría Lucía aunque hubiera crecido allí.

El planeta era un infierno, un caos helado de tierras muertas y monstruos de verdad. Allí no había nada para los vivos.

Nada para Lucía ni para los suyos. Y en algún momento, ya fuera al día siguiente o cien años después, todos acabarían muertos, sin nadie que se acordara de ellos. «Excepto yo», pensé, aunque aparté el pensamiento de inmediato. No tenía tiempo para esas cosas, no con dos ejércitos tras mis pasos.

Divisamos al risco en menos de una hora. Para entonces, había intentado comunicarme con Siggy varias veces más, pero solo recibí respuestas ininteligibles.

El risco se alzaba ante nosotros, sin ninguna abertura visible; pero, al acercarnos, atisbé una lona extendida entre las rocas, que se agitaba al viento.

—¡Allí! —dijo Lucía, señalándola.

La ventisca había empeorado de tal manera que casi no la pude oír, a pesar de estar tan cerca.

—¡Tenemos que entrar! —añadió.

Cuando llegamos, tuve que localizar la esquina de la lona. Estaba tan bien anudada que me costó desatar el nudo. Además, casi no sentía los dedos, y resultó más difícil de lo normal.

Por fin nos metimos dentro. Yo me di la vuelta y volví a hacer el nudo para asegurar la lona.

La cueva estaba llena de provisiones. Vi una hoguera a pocos metros de distancia, y unas cuantas mantas tendidas junto a las paredes.

Abigail me ayudó a apartarme a Lucía de la espalda y sentarla contra una pared. Yo estiré los brazos y giré los hombros, aliviado de quitarme ese peso de encima.

—Maldita sea, mujer —dije, retorciendo el torso y encorvando la espalda—. Espero que no tengamos que hacer eso otra vez.

—¿Quién está ahí? —gritó alguien desde las profundidades de la gruta.

Yo quise contestar, pero vi que una persona aparecía al fondo y asomaba la cabeza tras unas rocas.

—Eh, no se moleste por nosotros —dije, cruzando los brazos.

Abigail llevó una mano a su arma. Una decisión inteligente, teniendo en cuenta que ni ella ni yo sabíamos nada de aquel hombre.

—¿Qué están haciendo aquí? —preguntó el desconocido, que se acercó con algo en la mano.

Yo desenfundé mi pistola, aunque no lo apunté. Si intentaba algo, no dudaría en cargármelo. Me daba igual quién fuera y de qué conociera a Lucía.

—Quieto ahí —ordené, acariciando el gatillo con un dedo—. No dé un paso más.

El hombre me miró, miró a Abigail y, por último, miró a la anciana. Su rostro adoptó una expresión de asombro.

—¿Lucía? ¿Eres…? ¿Eres tú?

—Soy yo, Josef —contestó, intentando incorporarse—. Y ahora, ¿podrías bajar esa cosa antes de que estos dos te peguen un tiro?

—¿Estás herida? ¿Qué ha pasado? —el hombre guardó rápidamente su arma y se acercó a la anciana—. ¿Ha sido por la tormenta? ¿Te has caído?

—No, han sido los garrasdehueso —respondió, sacudiendo una mano—. Estoy bien. Deja de preocuparte.

Josef parecía verdaderamente preocupado, hasta el punto de que escudriñó su cuerpo de arriba abajo, examinándola.

—¿Por qué estás en el suelo si te encuentras bien? ¿No te puedes levantar?

—Lárgate de aquí, viejo dasick —replicó Lucía.

Yo miré a Abigail y pregunté:

—¿Qué le acaba de llamar?

—Algo malo —contestó—. No debe de tener traducción.

Josef subió una manga a Lucía, lo que reveló varias marcas y un enorme moratón.

—Lo que pensaba —dijo, sacudiendo la cabeza—. Vuelvo enseguida.

El hombre se levantó y regresó al fondo de la cueva. Yo esperé a que estuviera lo suficientemente lejos y, entonces, pregunté a Lucía:

—¿Quién rayos es ese tipo?

—Josef —contestó con debilidad—. Mi esposo.

—¿Su qué? —dijo Abigail.

Lucía miró a la monja y frunció el ceño, sin decir nada. Josef volvió a la carrera y se plantó junto a Lucía con varios tazones entre los brazos.

—Te curaré en un abrir y cerrar de ojos —dijo, sacando un paño húmero y una bolsita de color claro.

—¿Qué es eso? —me interesé.

—¿Esto? Ah, solo una pomada medicinal —respondió, y se inclinó más sobre Lucía—. ¿Quién es esta gente?

—Visitantes perdidos —respondí yo.

—Son de otro mundo —explicó Lucía. Cogió pomada de la mano de Josef y se la empezó a aplicar—. Los estaba guiando por los túneles cuando nos atacaron.

—¿Visitantes? ¿Del espacio? Vaya, por fin viene alguien a nuestro pequeño hogar. Pensaba que no viviría lo suficiente para verlo.

—Sí, su reacción es bastante habitual por aquí —dije—. En fin, Jo, ¿le parece bien que nos quedemos un rato? No puedo contactar con mi gente en plena tormenta.

—¡Por supuesto! —exclamó, más entusiasta de lo que yo esperaba—. Por favor, amigos… siéntense, pónganse cómodos. Si quieren, les daré algo de comer.

Me pregunté qué tipo de comida podía tener un tipo que vivía en una cueva, pero supuse que no debía de ser tan mala, porque estaba vivo.

—No, gracias —replicó Abigail, que aparentemente había llegado a una conclusión distinta.

—Por favor, tienen que comer algo —insistió Josef.

El hombre se levantó y se dirigió a una esquina, que estaba cerca de la hoguera.

Abigail me miró.

—Si me sirve un plato de carne de garrasdehueso, se lo tiro a la cara.

—¿Garrasdehueso? —intervino Lucía en tono de burla—. ¿De qué creen que nos alimentamos?

—Dale una oportunidad —dije a Abby—. Si se trata de sobrevivir, me comería hasta un garrasdehueso pequeñito.

—Has comido esta mañana. ¿No puedes estar sin comer hasta la noche? —preguntó Abigail.

—¿Y arriesgarme a que al dolor del hombre? No, gracias —contesté.

Josef regresó con varios recipientes finos.

—Son raciones —dijo—. Las calentaré. Si las quieren, estarán preparadas enseguida.

Josef me enseñó uno de los recipientes, y yo levanté la tapa y miré el contenido. La comida estaba debajo de una lámina de algún tipo de plástico, conservada al vacío. Había verduras, carne y una salsa.

—¿De dónde ha sacado esto? —quise saber.

—Janus tiene una máquina que recicla los materiales y produce comida —respondió Lucía—. Pero tenemos que devolver tanto material como podamos para que siga produciéndola.

—¿Es comida reciclada? —dijo Abigail.

—Vamos, Abby —añadí, devolviendo la caja a Josef—. Aceptamos su oferta, amigo.

Josef sonrió con amabilidad.

—¡Maravilloso!

El viento aullaba en el exterior de la cueva cuando nos sentamos junto al fuego. Josef nos dio las raciones que ya había calentado. Quité el plástico de la mía, y del interior surgió una nube de vapor. Pensé que esa no era forma de hacer comida, pero no dije nada.

Me encogí de hombros y empecé a comer.

La comida estaba algo blanda, pero era mejor que nada. Miré a Abigail, que se comió la suya sin quejarse, lo que significaba que no podía ser tan mala.

Cuando terminamos, Josef se llevó los recipientes vacíos al fondo de la cueva, y Abigail decidió que era un buen momento para sonsacar a Lucía sobre su relación con el extraño cavernícola. A mí no me importaba un bledo. Si Lucía quería tener un marido secreto que vivía en una cueva y se alimentaba de conservas, era asunto suyo.

—Es complicado —dijo la anciana a la monja.

—¿En qué sentido? —preguntó Abby—. ¿Es que su tribu lo expulsó?

Lucía bufó.

—No sea ridícula. Está aquí porque quiere.

—¿Cómo? ¿Por qué querría estar en semejante sitio?

—Porque es un viejo egoísta y chiflado —contestó Lucía.

—¡Eh, Jo! —dije yo. Mi voz resonó en la cueva—. Abby quiere saber por qué está aquí.

Abigail me pegó un golpe en el brazo.

—Jace, se supone que no tenías que…

—¿Qué? —la interrumpí, encogiéndome de hombros—. Así, accederás directamente a la fuente de información y te ahorrarás todo ese fastidioso drama.

Lucía abrió la boca para decir algo; sin duda, una catarata de insultos dirigidos a mí. Pero la respuesta de Josef se lo impidió.

—¿Cómo? ¿Es que nadie le ha hablado de mi trabajo? —dijo, regresando rápidamente—. Vivo aquí porque estoy buscando núcleos tritio.

Me quedé perplejo al oírlo. ¿Estaba hablando en serio? ¿Lucía había encontrado una forma de decirle que yo llevaba uno de esos malditos trastos en mi bolsa? Me pareció increíble, porque lo acababa de encontrar.

—¿Cómo dice? —pregunté.

—Núcleos de tritio —repitió él—. Son esenciales para los sistemas vitales de estos viejos complejos, pero solo hay uno en cada estructura. El que tenemos en la nuestra ha empezado a perder potencia; sobre todo, por culpa de los animales que excavan por…

—¿Los garrasdehueso? —preguntó Abigail.

—En efecto —respondió Josef—. Se mueven constantemente, hacen madrigueras en distintas zonas y excavan túneles nuevos todo el tiempo. Han estropeado muchos sistemas.

—Hemos visto los túneles —dijo Abby—. Pero ¿ha logrado encontrar algún núcleo?

Josef frunció el ceño.

—No, el núcleo del complejo de herbología es inalcanzable. He probado de todas las maneras imaginables y…

Lancé una mirada a Abigail, que me la devolvió y clavó la vista en la bolsa que yo llevaba atada a la cintura.

—Jace… —me dijo en voz baja. Yo sacudí la cabeza.

—¿Qué ocurre? —preguntó Josef.

—¿Nos disculpan un momento? —Abigail se levantó y me hizo un gesto para que la siguiera, pero me limité a mirarla fijamente—. Jace, ¿puedo hablar contigo?

Yo suspiré.

—Bueno.

Nos fuimos al fondo de la cueva, dejando a la pareja de casados con lo que seguramente sería una riña.

Cuando ya no nos podían oír, Abigail se pegó a mí y dijo:

—Tenemos que darles el núcleo.

—No sé de qué me estás hablando.

—No seas así, Jace. Vi que lo llevabas en la mano cuando saliste del túnel.

—Entonces, sabrás que es demasiado valioso para dejárselo a un vagabundo que vive en una cueva —repliqué.

Abby se encogió de hombros.

—Es posible. Pero, al menos, deberíamos hablar con Karin y Lucía.

—¿Qué pasará si Titán pasa a recogernos y luego resulta que necesita un núcleo? —pregunté—. Ya hemos visto lo que pasa cuando los núcleos se quedan sin energía.

—Lo sé, pero ese no es tuyo. No te lo puedes llevar.

—No tuviste tantos escrúpulos para robarle uno a la Unión —le recordé.

—Sabes perfectamente que eso es distinto. Estas personas son amigas nuestras. Nos han ayudado todo el tiempo.

Yo solté un gemido.

—Vale, vale, ya te he oído —dije—. Se lo daremos, pero no antes de volver a su campamento y consultarlo con el resto del equipo.

—Trato hecho —aceptó Abby, sonriendo por su pequeña victoria.

—Bien, pero no hace falta que te jactes tanto —dije con algo de sorna, aunque ella sabía que no iba en serio.

Abigail soltó una carcajada, se inclinó y me dio un beso en la mejilla.

—Pasemos la noche aquí —dijo—. Volveremos mañana.

Mi cara se calentó como si me hubiera tomado unos cuantos chupitos de *whisky*. Abby sonrió, pasó por delante de mí y se unió a la pareja, que seguía en la parte delantera de la cueva.

Yo me quedé allí como un tonto, preguntándome qué diablos me pasaba.

Capítulo 15

La habitación del hotel olía a fresas, alcohol caro y perfume, y el anaranjado destello de la ciudad se filtraba por los listones de las persianas. Era noche cerrada, y me tenía que ir.

Me senté en la cama y me aparté de la mujer desnuda que estaba a mi lado. Me aparté de Eliza.

Ella se movió y se despertó justo cuando yo me ponía en pie.

—¿Ya te vas? —dijo.

—Sí, sigue durmiendo. Nos veremos cuando vuelva.

—Claro, cuando vuelvas —musitó, y volvió a sumirse en lo que estuviera soñando.

Me puse la camisa, me abroché los pantalones y dejé la llave de la habitación en la mesa. Eliza se encargaría de pagar la cuenta. Siempre la pagaba en nuestras pequeñas escapadas.

Yo llevaba cuatro años en aquel negocio, ejerciendo de recadero bien pagado de Eliza y sus jefes. No me molestaban sus encargos, pero no eran más que un trampolín para alcanzar cotas más altas: algo donde solo estuviera yo, viajando por la galaxia en una nave de mi propiedad, libre de vivir la vida que quería.

Y a la mierda los demás.

Entre tanto, aquel empleo me acercaba a mi objetivo, y muy deprisa. Ya tenía contactos en toda la red, y había aprendido cómo funcionaba el mundo de los renegados. No bastaba con tener tu propia nave y volar por tu cuenta, no sin conocer a la gente adecuada de antemano. Necesitabas tener buenos agentes, las personas que distribuían los trabajos y manejaban la información. Sin un buen agente, no podías llegar muy lejos. Yo ya conocía a unos cuantos, entre los que estaban Marta Sosen y un cretino con pinta de tarado de la estación Taurus (creo recordar que se llamaba Ollie), pero quería tener al menos cuatro contactos antes de empezar.

Eso es lo que estaba haciendo en ese momento: ir a ver a un tal Genji Marco, con quien había quedado en un bar del otro lado de la ciudad.

Nos habíamos conocido en Sandis, un pueblucho cutre que estaba en la otra punta del planeta. Estábamos allí por cuestiones de trabajo, para hacer una visita a alguien y romper unos cuantos huesos si las circunstancias lo exigían, pero no lo exigieron. Estuvimos casi todo el fin de semana en un aparcamiento, sentados, esperando a que apareciera nuestro objetivo. Fue entonces cuando Genji me habló de Fratley Oxanos, un prestamista con dinero por un tubo: el hombre que me podía conseguir una nave. Exactamente el tipo de contacto que necesitaba para empezar a vivir por mi cuenta.

Mientras atravesaba el vestíbulo del hotel Grand Deluxe, me di cuenta de que la calle estaba vacía; probablemente, por la reciente caída de las temperaturas. En esa época del año, hacía un frío de mil demonios. Seguro que estaría nevando cuando volviera de mi siguiente misión.

Me cerré el abrigo que llevaba y paré un taxi.

—¡Hughes! —exclamó Genji cuando entré en el bar Torchlight.

Estaba sentado en una mesa, a punto de terminarse una cerveza que, por lo que yo sabía, no debía de ser la primera.

—Genji —dije, inclinando la cabeza.

Él me dedicó una sonrisa insolente.

—Llevo un buen rato aquí, maldito canalla.

Me senté a la mesa y llamé a la camarera.

—Dos de estas —le pedí.

Genji estaba enfrente de mí, chocando las rodillas.

—Me alegro de verte, tío. Te confieso que ni la mitad de los equipos con los que trabajo son tan divertidos como el nuestro.

Yo asentí.

—Qué me vas a contar.

La camarera nos sirvió la ronda momentos después, y nos pusimos a charlar sobre lo que habíamos hecho durante los seis meses transcurridos desde nuestro último encuentro.

—Háblame de la chica con la que estás saliendo —sugirió él.

—No es nadie —repliqué en voz baja, echando otro trago. Me limpié la boca con la manga.

—¿Nadie? ¿No quieres sentar cabeza?

—¿Yo? —me burlé—. No, gracias. Además, a Eliza no le interesa ese tipo de relación.

—¿Y eso?

—Solo nos vemos cuando estoy en la ciudad —dije, encogiéndome de hombros—. No es nada serio.

No le mentí. Cuando empezamos a salir, Eliza me dijo que lo nuestro nunca sería otra cosa que una aventura. De hecho, lo llamó «arreglo»; algo que nos mantendría ocupados y satisfechos. Y no podía decir que me molestara, porque no me molestaba. Aunque me ofreciera un cargo de directivo, jamás renunciaría a mi sueño de ser un renegado. Ni por ella ni por nadie de aquella condenada galaxia.

—Vaya, eres un H-D-P afortunado, Jace. Una mujer que quiere acostarse contigo y no pide nada más… eso no se ve todos los días —comentó Genji.

—Quizá, si fueras más guapo, las damas te prestarían más atención —repliqué, y me volví a encoger de hombros.

Él frunció el ceño.

—Joder, tío, eso es muy fuerte. Sabes cómo hacer daño a un colega.

Pedimos otra ronda y nos echamos unas risas. Hablar con un amigo era agradable. Mi relación con Eliza estaba bien, pero ella hablaba muy poco para mi gusto. Solo tenía una cosa en la cabeza, la misma que yo; y, cuando terminábamos, no había mucho que decir.

—Bueno, supongo que deberíamos pasar al motivo de esta cita, ¿no? —planteó Genji—. Quieres saber más sobre el viejo Fratley.

—Dijiste que me podía conseguir una nave.

Genji asintió.

—Tiene un desguace lleno de ellas. Las vende con descuento. Incluso ofrece créditos si no tienes dinero.

—Suena perfecto.

—Sí, pero necesitarás unos cuantos miles para el viaje —dijo—. ¿Los puedes conseguir?

—¿Unos cuantos miles? —pregunté, algo sorprendido—. ¿Es que no está en Bordo?

—No, sus saqueadores y él viven en mitad de ninguna parte. Está a cinco túneles de aquí —contestó.

Cinco túneles de deslizamiento equivalían a dos días de viaje por lo menos, así que el precio estaba justificado; pero eso no entraba en mis planes.

—Cuando me hablaste de ese tipo, pensé que estaba aquí. Solo tengo 7800 créditos a mi nombre, Genji.

—Más que suficiente para el viaje.

—Pero ni se acerca a lo que necesito para comprarle una nave, ¿verdad?

Él lo sopesó unos momentos.

—Sí —dijo, asintiendo lentamente—. Sí, tienes razón. Pero ¿por qué no le ofreces el resto como anticipo?

—¿Lo aceptaría? —pregunté.

Él se encogió de hombros.

—Claro, es algo habitual.

—No sé qué decir, Genji. ¿Te parece que aceptar un préstamo de ese tipo es una buena idea?

Mi trabajo de entonces consistía en conseguir que la gente pagara lo que debía. Conocía las normas de ese juego. Lo último que necesitaba era que me rompieran un brazo por no poder cumplir con los pagos.

Genji sacudió una mano.

—No te preocupes por eso, Jace. Fratley es un exrenegado. Hasta es posible que te ofrezca unos cuantos trabajos para ayudarte a empezar.

—¿Era un renegado? —pregunté, intrigado.

Genji asintió.

—Uno de los mejores, según he oído. Y míralo ahora, nadando en créditos —dijo—. Tú podrías acabar igual, Jace. Piénsatelo.

Clavé la vista en la mesa mientras Genji pedía otra ronda. Llevaba toda la vida esperando una oportunidad como aquella. Cada uno de mis actos me había acercado un poco más a ese momento. Solo tenía que extender un brazo y alcanzar lo que quería, pero implicaba un riesgo enorme y confiar en un tipo al que no había visto nunca.

Pero el universo funcionaba así, ¿no? Hacías una apuesta basada en lo que deseabas y esperabas que saliera bien. Yo tenía veintiocho años. Si me quedaba en Boson, terminaría reuniendo el dinero que necesitaba para comprarme una nave, y quizá podría ser un renegado a los cuarenta.

Y una mierda.

Yo sabía lo que quería, y sabía lo que hacía falta para llegar allí. Si Genji tenía razón y era cierto que el tal Fratley me podía ayudar, ¿por qué no aprovechar la oportunidad?

—¿Cuánto tiempo? —pregunté al cabo de unos instantes, muy serio. Me incliné hacia delante y miré fijamente a mi amigo—. ¿Cuánto tiempo tengo hasta que nos vayamos?

El dejó la jarra a un lado y sonrió.

—Solo estoy aquí hasta mañana —contestó—. Luego me voy.

Yo dudé. No se podía decir que tuviera mucho tiempo.

—¿Te basta con eso? —preguntó—. Si te lo quieres pensar, volveré por aquí dentro de seis meses.

Sacudí lentamente la cabeza y dije:

—No… no puedo esperar tanto.

—¿Y qué pasa con tu amiguita? ¿No te echará de menos si te largas a otro sistema estelar?

—A Eliza le importa una mierda que me vaya mañana o dentro de seis meses. Encontrará a otro en una semana —aparté la vista y miré la puerta—. Además, esto es lo importante.

Genji sonrió.

—¡Ese es mi Jace! Nadie lo puede parar —dijo, alzando su jarra—. ¡Por lo que verdaderamente queremos! ¡Salud!

—Salud —repetí yo, y brindamos con nuestras jarras.

Capítulo 16

Lo PRIMERO QUE vi cuando abrí los ojos en la caverna fue el cabello de Abigail sobre mi pecho. Estaba profundamente dormida, respirando lentamente.

Me limpié la mugre de los ojos y me aparté de ella, que estaba casi encima de mí. Abigail se movió, pero no se despertó.

Lucía y Josef yacían juntos al otro lado del fuego, tapados con una manta. No quise ni imaginar qué habrían estado haciendo mientras Abby y yo dormíamos.

Sin despertar a nadie, me levanté, me puse la chaqueta, alcancé una de las mantas que estaban cerca y me envolví en ella. La lona estaba algo caída cuando la levanté y salí al helado exterior. Había dejado de nevar, pero la temperatura seguía siendo gélida.

El azul y amarillo cielo era tan brillante que tuve que entrecerrar los ojos para que se ajustaran al nuevo día. El sol acababa de salir por el horizonte, pero me sentía como si hubiera estado durmiendo una semana.

Me di un golpecito en el auricular para activar el comunicador.

—Siggy, soy yo. ¿Me oyes?

—Hola, capitán Hughes —replicó Sigmond.

Al oír su voz, solté un suspiro de alivio.

—Por fin… Escucha, colega, necesito que me recojan. ¿Puedes localizar mi señal?

—Por supuesto, señor —contestó la IA—. ¿Puedo preguntar cómo va su visita?

—No muy bien —dije, bajándome la cremallera de los pantalones—. Estoy en una cueva en mitad de ninguna parte, meando en la nieve. Estoy como loco por salir de aquí.

—Es más que comprensible, señor —declaró Sigmond—. Localización verificada. ¿Quiere que lleve la nave adonde está?

—Sí, pero manda un mensaje a Freddie y a Dressler. Diles que nos llevarás de vuelta a la ciudad.

—Comprendido, señor —dijo—. Prepárense para la recogida.

Yo me relajé por fin y me quedé mirando la larga extensión de nieve que se extendía ante mí.

—Bonito día, ¿eh? —dijo alguien a mi espalda.

Me sobresalté, sorprendido, pero no dejé de mear.

—¿Qué demonios…?

Josef rio.

—Oh, lo siento —dijo, sin dejar de reír—. No quería interrumpir.

—¿Qué está haciendo aquí? —pregunté, intentando darme prisa.

—Ver si estaba bien. Pero ya veo que lo está.

Yo me subí la cremallera.

—Estoy perfectamente, y preparado para marcharme. Mi nave viene a recogernos. Estará aquí dentro de unos minutos.

—¡Qué gran noticia! —exclamó Josef—. Espero que vuelva por aquí dentro de poco, si no le viene mal. Estoy casi todo el tiempo solo, y le confieso que puede ser aburrido.

—¿Por qué hace eso exactamente? —me interesé—. Anoche dijo que el núcleo de tritio es importante. ¿Por qué no lo ayudan los demás?

Él frunció el ceño.

—Los pobres lo intentaron, pero perdimos a demasiada gente. Yo soy el único que quiso seguir buscando. Es peligroso; pero, si localizamos un núcleo nuevo, lo cambiará todo.

—¿Cómo? Su pueblo me ha parecido un buen lugar. ¿En qué podría mejorarlo otra fuente de energía? —pregunté.

—Sospecho que no lo ha visto todo. Hay varios sistemas que han dejado de funcionar durante el último siglo. La generación más joven cree que podemos vivir sin ellos, pero yo me acuerdo de cómo era la vida antes —dijo, sacudiendo la cabeza—. Teníamos una nave de transporte que nos podía llevar a cualquier sitio en un radio de doscientos kilómetros. ¿No se lo han dicho?

—No puedo decir que sí.

—Tenía una batería recargable —me explicó—. Cuando el núcleo se estropeó, decidimos no gastar energía en ella. No es que importe demasiado, teniendo en cuenta que en este planeta no hay muchos sitios adonde se pueda ir, pero facilitaba la búsqueda de objetos. Podíamos llegar más lejos, y traer más suministros desde los otros complejos. Desde entonces, hemos menguado y perdido muchas cosas. El corazón se me encoge cada vez que pienso en el futuro. La calidad de vida de mis nietos será muy inferior a la del padre de mi padre. Eso no es progreso —añadió, suspirando lentamente—. Es una muerte lenta.

Me quedé impresionado con la habilidad del vejete. Había que ser un tipo muy determinado de persona para sobrevivir solo en mitad de ninguna parte, rodeado de páramos. Que se hubiera sometido voluntariamente a esa situación para buscar un núcleo que quizá no existiera era cuestión aparte. Hasta era posible que los demás no creyeran en él (aunque yo estaba seguro de que Lucía lo creía, a pesar de su enfado). Pero Abigail y yo sabíamos la verdad; sabíamos que tenía razón.

—¿Cree realmente que un núcleo ayudaría tanto a los suyos? —pregunté, mirándolo con intensidad.

—Lo creo —afirmó, y su mirada me dijo que era verdad.

—En ese caso, debería volver con nosotros al pueblo. Nos vendría bien su ayuda con cierta cosa.

—¿Mi ayuda?

—Tengo que consultarlo con Karin, pero puede que tenga una solución para su problema. Puede que ya no tenga motivos para seguir aquí —dije—. Cuando volvamos al pueblo, permanezca junto a su esposa. No se vaya a ningún lado.

—¿Qué quiere decir? —preguntó—. ¿Qué puede hacer usted?

—Confíe en mí. Si todo sale bien, puede que no tenga que volver nunca más a esta cueva.

Josef no dijo nada cuando me giré hacia la gruta; se limitó a seguirme, pensando indudablemente en lo que le acababa de decir y preguntándose indudablemente por su significado. Yo no lo había tomado por un idiota, porque su habilidad para vivir allí demostraba su ingenio, pero aún no le podía contar lo del núcleo; no hasta que hablara con Karin y me asegurara de que esa gente sabía manejar algo tan potente como un núcleo de tritio sin salir volando por los aires.

Cuando aparté la lona, vi que Abigail estaba sentada junto a Lucía, charlando tranquilamente.

—Me alegra ver que estás despierta —dije.

Ella me dedicó una sonrisa radiante.

—No has sido tan silencioso como crees cuando te has escabullido.

—Su esposa me estaba hablando del hogar de su infancia —comentó Lucía.

El término me estremeció.

—No es mi esposa.

—¿Ah, no? Quién lo habría dicho —se burló la anciana.

—Mire quién fue hablar —repliqué—, toda acurrucadita con Jo.

Josef pasó a mi lado y dijo, sonriendo:

—Bueno, en nuestro caso, es verdad que ella es mi esposa.

—De momento —puntualizó Lucía, entrecerrando los ojos.

Josef frunció el ceño.

—Pensaba que anoche me perdonaste…

—Te perdonaré cuando dejes de vivir en esta cueva —sentenció la anciana.

Tras desviar la conversación, hice un gesto a Abigail con la esperanza de hablar con ella antes de que nos fuéramos todos.

—¿Va todo bien, Jace? —susurró cuando estuvo cerca.

—Solo quería asegurarme de que todavía tienes nuestro pequeño tesoro.

—Sí te refieres al núcleo, lo llevo en la mochila —respondió en voz baja.

Abigail la abrió delante de mí, y yo vi el objeto de inmediato, metido entre dos prendas. Después, ella lo tapó y cerró la mochila.

—No te preocupes —añadió.

Yo asentí.

—Excelente. No pierdas de vista esa cosa. No hasta que hable con Karin y verifique todo lo que Jo nos ha contado.

—¿Qué ha dicho de Karin? —preguntó Lucía.

Yo me maldije a mí mismo por hablar tan alto.

—Nada, es que queremos hablar con ella cuando volvamos. Tenemos muchas cosas que hablar.

—Si le preocupa la transmisión, descuide —dijo Lucía—. Conociéndome a mí, ya se habrá ocupado de ella.

Decidí que cambiar de tema era una buena idea, y dije:

—¿Cuánto tiempo lleva sin ver a Karin, Jo? Es hija suya, ¿no?

Josef sonrió.

—Oh, sí, ¿no es maravilloso? No la he visto en varias semanas. ¿Qué tal le va, Lucía?

—Le va mejor cuando su padre está con ella —contestó la anciana.

Josef volvió a fruncir el ceño.

—Venga, Lucía, no te enfades conmigo, por favor.

—Vaya, qué fácil ha sido —me dije.

Salimos de la cueva y nos dirigimos al oeste, avanzando lentamente por la nieve. Josef sabía llegar al llano donde Siggy iba a aterrizar, y nos llevó por una zona donde la capa de nieve era más fina y se podía caminar con más facilidad.

Josef y yo llevamos a Lucía en una colchoneta, mientras Abby vigilaba pistola en mano. Según el anciano, los animales tenían la costumbre de salir de sus guaridas cuando pasaban las tormentas, lo que significaba que existía la posibilidad de que nos topáramos con algo que no había comido en varios días.

—Siggy, informa de la situación —pregunté cuando llegamos al claro.

—Lo lamento, capitán, pero Frederick y la doctora Dressler han insistido en que los espere.

—Yo no he autorizado eso, Sigmond —espeté, sin ocultar mi disgusto—. Se supone que ya tendrías que estar aquí.

—¡Lo siento mucho, capitán! —se apresuró a decir Freddie, muy agitado.

—¡Maldita sea, Freddie! ¡Venid aquí ahora mismo! ¡Estamos hundidos en la puta nieve!

—Lo… lo siento, señor. ¡Ya vamos!

Abigail, que estaba escuchando por su comunicador, me miró.

—Supongo que tendremos que esperar unos cuantos minutos —dijo.

Yo apreté los dientes.

—Tampoco pasa nada. En el peor de los casos, solo tardarán cinco minutos. Puedo soportar el frío hasta entonces, aunque no me hace ninguna gracia.

Un tremendo rugido resonó en el valle.

Todos nos quedamos helados, y Abby y yo nos miramos otra vez.

—¿Qué ha sido eso? —preguntó ella.

Se oyó otro rugido, más fuerte el anterior, procedente del otro lado del valle. O quizá, de más cerca. Era difícil de calcular.

—Oh, no —dijo Josef, dando un paso atrás.

El anciano levantó un dedo y apuntó hacia un cercano risco.

Alcé la vista, pero no lo veía bien. Parecía una enorme bola blanca encaramada en un montón de nieve.

Entonces, la fiera alzó las garras, las plantó brutalmente en la nieve y volvió a rugir. Alcancé el rifle a toda prisa y comprobé la munición.

—Joder —dije. Casi no me quedaba, y solo había unas cuantas balas en el cargador—. Abby, ¿cuántas…?

—Medio cargador —contestó antes de que yo terminara la frase.

Yo había examinado mis pistolas en la cueva, y sabía que tenía doce balas, preparadas y a la espera, entre las dos.

—Amigo Josef, ¿lleva algún truco en su macuto? —pregunté, mirando al anciano de soslayo.

Él mostró el arma que había sacado cuando nos vio por primera vez.

—Solo esto, pero no es mucho —admitió.

El monstruo rugió de nuevo, saltó hacia delante y bajó a toda prisa por la pendiente, hacia el valle.

—¡Fuego! —grité, y disparé las balas que quedaban en mi rifle. Le acertaron todas.

El animal pateó la nieve, agitó sus gigantescos brazos y cargó de nuevo. El corazón se me encogió en el pecho al ver que aquel ser mortífero se dirigía hacia mí.

Las balas de Abigail se hundieron en el garrasdehueso, que cada vez estaba más cerca. El fuego de nuestras cuatro armas convergió en ese momento, y la criatura resbaló en la ancha capa de nieve y se desplomó.

Avanzó unos cuantos metros a duras penas, sin dejar de moverse hacia nosotros, intentando incorporarse.

Jo agarró a su esposa y la alejó de la refriega. Si hubiera esperado un poco más, la bestia habría encontrado una presa fácil.

—¡Ya no tengo balas! —exclamó Abigail, justo antes de que el garrasdehueso consiguiera ponerse en pie.

Se había pegado un buen golpe al caer, pero eso no lo retrasaría demasiado. En su blanca pelambrera se veían varios orificios de bala, con pequeñas gotas de sangre brotando de sus heridas; pero el animal se lo tomó con filosofía, decidido a matarnos.

Como el cargador ya estaba vacío, tiré mi rifle a la nieve y saqué las pistolas.

Disparé rápidamente, acertándole varias veces en el pecho, aunque apenas redujo su velocidad. Luego, ladeó la cabeza y su ciego rostro adoptó una expresión de vacío.

Mientras yo amartillaba las pistolas, la criatura crispó las orejas y soltó un aullido al tiempo que giraba la cabeza hacia atrás, como si estuviera llamando a otras.

Disparé tres veces más, acertándole en el hombro y el cuello. El monstruo soltó una dentellada en mi dirección y rugió, enseñándome los colmillos.

—¡Dispare a los ojos! —gritó Josef, sonando como si estuviera muy lejos, aunque estaba ahí mismo.

Alcé una pistola y clavé la vista en la mirilla.

Solo tendría otra oportunidad.

Cuando el garrasdehueso se abalanzó hacia mí, contuve la respiración.

La bala alcanzó su objetivo. Atravesó el cráneo de la bestia y salió por el otro lado, llevándose sesos y sangre con ella.

El animal se derrumbó al instante.

Al principio, no lo pude creer. Aquella cosa había aguantado tantos tiros que ya no estaba seguro de nada. Me quedé allí, mirando el cadáver, echando nubes de vaho por la boca, incapaz de hablar. Tenía la sensación de que se iba a levantar en cualquier momento.

Pero no se movió.

Tragué saliva y bajé lentamente el arma.

—¿Todos bien? —pregunté, mirando a Abigail.

Abby no dijo nada, pero Josef rompió a reír a mis espaldas.

—¡Lo ha conseguido! —exclamó—. ¡Gracias, antepasados!

Abigail se acercó poco a poco al animal muerto y se inclinó para mirarle la cara.

—Buen disparo —dijo.

—O afortunado —repliqué, enfundando mis pistolas.

Ella se incorporó.

—En cualquier caso, ha estado bien.

Un súbito rugido rompió el silencio del valle. Abby y yo nos giramos y nos volvimos a poner en guardia.

Tras el primer rugido se oyó un segundo; los dos, procedentes del mismo risco en el que había estado la bestia anterior. Y, efectivamente, había otra, que alzó sus garras al cielo y aulló.

—¡No! —dijo Abigail—. ¡Otra no!

—Hay más de una —alertó Josef—. ¡Miren!

Dos criaturas más asomaron sus cabezas por encima del risco, se sumaron a la primera y se pusieron en línea, una junto a otra, mirándonos mientras recogíamos las armas junto a su pariente caído.

Me toqué el auricular, activando el comunicador.

—¡Maldita sea, Freddie! —rugí—. ¿Dónde diablos estás? ¡Nos van a destrozar! ¡Traed vuestros culos aquí!

Los animales saltaron del risco y corrieron pendiente abajo, cargando a la vez.

—¿Qué vamos a hacer? —gritó Freddie.

Amartillé una pistola, apuntando al primero de la manada. Sabía que no podríamos con tres de esas cosas, no sin más potencia de fuego. Pero, antes de que pudiera hacer o decir algo más, oí el ronco rumor de un motor atravesando el cielo.

Un misil impactó justo delante del primer garrasdehueso y le arrancó las piernas inmediatamente. Su sangre salió disparada en todas las direcciones y se posó en la nieve como una capa de polvo.

La Estrella Renegada disparó sus ametralladoras y lanzó dos misiles más, hasta alcanzar a las dos bestias con una potencia que habría bastado para destruir un tanque pequeño.

Murieron al instante.

—Lamento el retraso, señor —dijo Sigmond, llenando mis oídos con su voz—. Espero que no hayamos llegado demasiado tarde.

—¡Siggy, cabrón taimado! —grité, tan contento como si fuera mi cumpleaños.

—¡Capitán! —exclamó Freddie, saludando desde la ventanilla del puente—. ¡Siento llegar tarde! ¿Estáis todos bien?

Me giré hacia Abigail, que estaba mirando los cadáveres de los últimos garrasdehueso… o lo que quedaba de ellos.

—Sí, creo que estamos bien. ¿Qué tal si aterrizas para que podamos subir?

—Comprendido, señor —dijo Sigmond.

Miré a Josef y Lucía, que se habían quedado boquiabiertos al ver la Estrella.

—Eh, ¿se encuentran bien? —pregunté.

—Eso… ¿es una nave? —dijo Josef, señalándola con un dedo tembloroso, sin quitarle la vista de encima.

—Por supuesto que lo es —contesté, sonriendo con suficiencia—. Y jodidamente buena.

CAPÍTULO 17

TUMBAMOS A LUCÍA en el sofá de la sala común, y le dijimos a Josef que se quedara con ella. Los demás nos fuimos a la plataforma superior de la bodega de carga.

—Gracias por venir a recogernos. Aunque habéis llegado tan tarde que casi nos matan —dije cuando ya estábamos dentro, con la puerta cerrada. Mire a Freddie con ojos entrecerrados; parecía tan culpable como si hubiera matado a su madre—. Hay cosas que debemos discutir. Una en particular.

—¿De qué se trata? —preguntó Dressler, que estaba de brazos cruzados—. ¿Ha pasado algo? ¿Tiene algo que ver con ese viejo raro?

—Encontramos lo que Josef está buscando —respondí—. ¿Abby?

Abigail asintió, alcanzó su mochila, sacó el núcleo de tritio y se lo enseñó al resto.

Dressler lo miró con ojos de plato.

—¿Dónde lo han encontrado?

—En los subterráneos, debajo de un monstruo vegetal gigantesco —dije.

Freddie y Dressler me miraron con perplejidad.

—Es largo de contar —continué—. Pero estoy seguro de que funciona.

—Fascinante —exclamó la doctora, tocando el cristal del recipiente del núcleo—. No puedo creer que estuviera enterrado bajo una montaña de nieve.

—Creemos que se lo deberíamos devolver a Karin y su gente —dijo Abby.

—¿Devolvérselo? —preguntó Freddie—. Ni siquiera sabemos si entienden su funcionamiento.

—Eso es lo que tengo que averiguar antes de entregárselo —comenté yo—. Josef ha estado años afuera, intentando encontrar uno. Por lo que dice, el suyo está en las últimas. No saben cuánto tiempo le queda, pero han estado desconectando sistemas, uno a uno, para ahorrar energía.

—Comprendo —afirmó Dressler, asintiendo lentamente—. Este núcleo solucionaría muchos de sus problemas.

—En efecto —confirmé.

La doctora miró el dispositivo durante unos instantes.

—Bueno, si esa es la situación, creo que debería dárselo, capitán.

—¿Lo cree de verdad?

—Si los ayuda a sobrevivir…

Yo miré a Abigail antes de volver a mirar a Dressler.

—Le confieso que me sorprende que esté de acuerdo con nosotros, doc.

—¿Por qué? ¿Piensa que mi relación con la Unión me impide empatizar con otras personas?

Yo me reí.

—No es por eso. Sencillamente, pensé que le preocuparía que echaran mano a un artefacto equivalente a un arma de destrucción masiva.

Ella asintió.

—Sí, eso es cierto, pero la tecnología no es buena ni mala por sí misma. Todo se reduce al uso que le den las personas y las intenciones que tengan —observó Dressler—. Y por lo que sé de Karin y los demás, no tienen malas intenciones. Solo quieren sobrevivir.

—Además, han vivido del otro núcleo durante dos mil años —comentó Freddie.

—Efectivamente —dijo Dressler—. Si se quisieran hacer daño, ya se lo habrían hecho.

Noté que la nave se inclinaba, virando para la aproximación final a la plataforma de aterrizaje.

—Ya hemos llegado —me informó Siggy—. Por favor, prepárense para desembarcar.

—Ya estamos aquí —comuniqué a los otros.

Abby guardó el núcleo de tritio en la mochila y dijo:

—Siempre estamos de arriba abajo.

Freddie abrió la puerta. Yo salí primero, y después, Abigail.

Dressler se quedó dudando a su espalda, frotándose la muñeca con el pulgar.

—¿Pasa algo? —le pregunté, parándome.

—¿Va a dar un objeto tan valioso a un grupo de personas a las que apenas conoce? ¿De verdad? —preguntó la doctora.

Yo sonreí.

—Lo sé. Es una estupidez, ¿no?

—¿Una estupidez?

—Hace un año, habría robado ese trasto y lo habría vendido sin hacer preguntas.

—¿Y ahora?

—Lo necesitan más que nosotros —contesté, encogiéndome de hombros—. ¿A qué vienen tantas preguntas, doc?

—A nada —respondió, y pasó rápidamente a mi lado—. Terminemos de una vez.

Mientras Abigail y yo estábamos en mitad de ninguna parte, atrapados en una tormenta, los demás se habían tomado la molestia de establecer un sistema estable de comunicaciones entre la Estrella Renegada y la población subterránea. Al parecer, los repetidores estaban plenamente operativos, y yo podía contactar con Karin y Janus cada vez que quería, sin complicaciones.

—Tenemos un equipo preparado para escoltarlos de vuelta —dijo Karin por el comunicador.

—Perfecto —pronuncié desde la sala común, donde estábamos esperando para desembarcar.

—Los estará esperando junto a la entrada —me informó.

Me acerqué a la cafetera y me serví una taza de café recién hecho.

—Muy bien. Nos vemos enseguida.

Cortamos la comunicación, y yo tomé un sorbo del brebaje.

—Ah —dije—. Sabe a mierda.

—¿Por qué insiste en tomarlo si tanto le disgusta? —preguntó Dressler.

—Tomas lo que tienes —respondí yo, con un encogimiento de hombros.

Freddie se acercó a Dressler y dijo:

—El capitán tenía una cafetera mucho mejor, pero se estropeó. Esta es robada. La sacamos de una nave de la Unión.

—¿Robaron una cafetera? —preguntó ella.

—Bueno… es complicado —dijo Freddie.

—Intentaron raptarnos a Lex y a mí —intervino Abigail.

—Y asesinar al resto —expliqué yo—. Pregúntele a Alphonse la próxima vez que lo vea.

—¿Por qué? —quiso saber.

Dejé mi taza medio vacía en la encimera y me dirigí al corredor contiguo, deseando marcharme.

—Porque formaba parte de su tripulación.

Recogimos los equipos, salimos por la bodega de carga, cruzamos la blanca explanada y nos dirigimos a la ciudad subterránea. No tuvimos problema para orientarnos en los túneles; en parte, porque habíamos hecho muchas veces ese trayecto y, en parte, porque nos escoltaba una guardia armada.

Cuando la puerta del santuario se abrió, descubrí que Karin nos estaba esperando, de pie. Sonrió al vernos, pero su expresión cambió en cuanto apareció Lucía, apoyada en dos soldados.

—¡Madre! —exclamó, y corrió a su lado.

—Resultó herida, pero se pondrá bien —dijo Abigail.

Karin quiso preguntar algo, pero se detuvo al ver a Josef detrás de los guardias.

—¿Padre? —acertó a decir.

El anciano sonrió y extendió las manos para darle un abrazo. Karin corrió hacia él, y Josef la apretó contra su cuerpo.

—¡Karin! —dijo, hundiendo una mejilla en su pelo.

—¿Qué estás haciendo aquí? —preguntó su hija—. Pensaba que estabas con tu investigación.

—Y lo estaba, pero tus nuevos amigos pasaron a hacerme una visita, en compañía de tu madre —replicó, radiante de alegría.

—Su padre nos ha ayudado mucho —dije, dedicando un leve asentimiento a Josef—. Estábamos bajo una tormenta, sin ningún sitio al que ir. Habríamos muerto si él no hubiera tomado la decisión de vivir en esa mierda de cueva.

—Extraña forma de hacer un cumplido a alguien —comentó Dressler.

—Hago lo puedo —me defendí, sacudiendo una mano hacia ella.

Abigail tocó a Karin en el hombro.

—Tenemos que hablar —le dijo—. ¿Puede concedernos unos minutos?

—Por supuesto —respondió, intrigada—. ¿Qué ocurre?

—Vayamos a otro sitio —dijo la monja.

Karin asintió.

—Entonces, iremos a la sala del consejo.

—¿La sala adonde nos llevó Janus? —pregunté.

Karin volvió a asentir.

—¿Le digo que nos acompañe?

—Por qué no —contesté—. Debería oírlo en cualquier caso.

—¿Y qué hacemos con Lucía? —preguntó Freddie.

—Estaré bien —contestó la anciana—. Ocúpense de sus asuntos. Josef y yo iremos al centro médico. Me echaré una siesta en la cápsula y estaré como nueva dentro de unas horas.

—¿Tienen una cápsula médica? —se interesó Abigail.

—Dos, a decir verdad —respondió Karin.

Yo arqueé una ceja, sorprendido.

—No nos lo había contado. ¿Qué otras tecnologías ocultan en este sitio?

—Le gustaría saberlo, ¿eh? —dijo Lucía, y rompió a reír como una loca mientras los soldados se la llevaban.

Ya nos habíamos sentado a la mesa de la sala de conferencias cuando Janus apareció, materializándose en el aire. Antes de que alguno de nosotros pudiera hablar, clavó la vista en Abigail y dijo:

—¿Eso es lo que creo que es?

Abigail abrió la boca, dudó un momento y preguntó:

—¿A qué se refiere?

—Al objeto que lleva en la mochila.

—¿Sabe lo que contiene? —intervine yo.

Janus asintió.

—Los emisores de esta estancia detectan determinados dispositivos, tipos de metal y emisiones de energía. En este caso, la presencia del núcleo ha disparado una alarma interna.

—¿Una alarma? —dijo Freddie.

—Probablemente, por lo peligroso que es —observó Dressler.

—Precisamente por eso —afirmó Janus—. Si no le importa que se lo pregunte, ¿dónde ha encontrado ese dispositivo, capitán? Y ya puestos, ¿por qué lo ha traído al complejo?

—¿De qué está hablando? —preguntó Karin, mirándome a mí.

Hice un gesto a Abigail, para hacerle saber que había llegado el momento. Sacó el núcleo de tritio y lo puso en la mesa.

—Lo encontramos en el otro complejo —explicó.

—¿Eso es un núcleo de tritio? —preguntó Karin, parpadeando como si nunca hubiera visto nada parecido—. ¡Mi padre tenía razón! ¡Era cierto que había otro!

—Sí, la tenía —dije yo—. Lo encontramos cerca de la zona donde él estaba buscando. Estaba enterrado bajo un pozo lleno de plantas devoradoras de hombres.

Karin se inclinó sobre la mesa, sin apartar la vista del objeto.

—Asombroso —espetó.

Yo me di cuenta de que lo miraba como si fuera la primera vez que veía un núcleo, y pregunté:

—Ustedes también tienen uno, ¿no?

—Sí, pero nunca lo he visto con mis ojos —me confesó.

—El núcleo está bajo tres capas de revestimientos protectores —declaró Janus—. Como es muy inestable, prohibí que la gente se acercara a él.

—¿No se puede mover? —dije.

Janus sacudió la cabeza.

—Se puede, pero con muchísimo cuidado, y, como no lo podíamos reemplazar, nunca hemos tenido la necesidad de asumir semejante riesgo. Sigue operativo, aunque solo hasta cierto punto, y decidimos dejarlo donde está hasta que encontráramos otro.

—Pues hoy es su día de suerte —comenté.

Karin me miró con asombro.

—¿Nos lo van a dar?

—Con la condición de que demuestren que entienden su funcionamiento —respondí.

—¿A qué se refiere?

—Jace quiere asegurarse de que no se van matar con él —dijo Abigail.

Dressler carraspeó.

—Una preocupación pertinente, teniendo en cuenta lo que implica.

—Cuando se inserte el núcleo nuevo, se activará el protocolo de sellado —nos informó Janus—. El sistema volverá a estar plenamente operativo e impedirá cualquier tipo de interferencia posterior.

—¿Y qué pasará entonces? —dijo Freddie.

—Que recuperaremos toda la energía —contestó Janus.

—Ya, pero ¿eso qué significa? —intervine—. ¿Cuántos sistemas más se activarán?

—Durante los últimos quinientos años, se han desconectado alrededor de ochenta y siete subsistemas —dijo el cognitivo—. Entre otros, varios sintetizadores de comida, unos cuantos compartimentos médicos, las comunicaciones generales por satélite, los transportes de corto y largo alcance y la defensa.

—¿Todas las defensas? —pregunté.

Janus giró la muñeca, y la pared cambió y enseñó varias imágenes; algunas, de la superficie.

—El planeta disponía al principio de seis plataformas de misiles tierra-espacio, aunque solo dos están conectadas a este complejo. Además, tenemos dos satélites en órbita, también con capacidad defensiva.

—¿Insinúa que podrían volar una nave desde el planeta si quisieran? —preguntó Abigail.

—Desde luego que sí —afirmó Janus—. Pero solo atacaríamos en caso de una amenaza inminente.

—Como la gente de la que nos han hablado —dijo Karin.

Aquello cambiaba las cosas. Si les dábamos el núcleo, podrían mandar mi nave al infierno. Pero, al mismo tiempo, tendrían la posibilidad de defenderse si la Unión los llegaba a encontrar.

—¿Por qué no vimos los satélites cuando entramos en órbita? —preguntó Freddie.

—Puede que se estrellaran hace tiempo; de hecho, es lo más probable —dijo Janus—. Dos mil años son demasiados años para que un satélite permanezca en su órbita. Pero, aunque sigan ahí, es posible que hayan empezado a perder altura. Depende de varios factores.

Con satélites o sin ellos, los misiles eran algo que tener en cuenta. Me levanté y miré a Abigail.

—Salgamos a hablar —dije.

Abby asintió y se levantó.

—Si nos disculpan…

Karin y Janus asintieron.

—Por supuesto —afirmó Karin—. Lo comprendo.

Abigail me siguió al pasillo.

—¿A dónde vamos? —preguntó.

—Por aquí.

Cruzamos otra estancia y nos dirigimos a la salida. El guardia de la puerta me vio venir, puso una mano en el pomo y abrió.

—¿Se van?

—No, solo será un segundo. Llamaremos cuando volvamos —contesté.

El guardia asintió y se apartó.

Abigail y yo salimos al corredor exterior y nos alejamos un poco de la entrada. El antiguo túnel tenía unas cuantas luces artificiales que alumbraban suavemente las paredes.

Me apoyé en la barandilla, crucé los brazos y miré a Abby.

—¿Qué piensas tú? —le pregunté.

—Que, a estas alturas, no tenemos elección —dijo, dándose unos golpecitos en la barbilla—. Pueden quitarnos lo que quieran. No se lo podríamos impedir.

—Eso es cierto —admití.

—Pero, si quisieran matarnos o quedarse con la nave, ya lo habrían hecho.

—Para ser unos cuantos paisanos sin exposición alguna a otras culturas, tienen talento para la diplomacia —comenté.

—Puede que esa sea precisamente la razón por la que son tan diplomáticos —contraargumentó ella.

—También es verdad.

—Y luego está el asunto de la Unión. Si encuentran este sitio, lo borrarán del mapa. Si los dejamos en la estacada, Brigham se llevará el primer premio.

—No —dije, desestimando la idea—. Tú y yo sabemos que el primer premio es Lex.

—Pues el segundo —replicó, sonriendo un poco.

Los dos guardamos silencio durante unos momentos, sopesando la situación. Habíamos hecho tantas cosas durante los últimos días que corríamos el peligro de olvidar lo que verdaderamente estaba en juego.

—Está bien —dije al fin—. Si crees que es lo correcto, lo haremos.

—Quién sabe si lo es —dijo con una sonrisa—. Pero, a veces, hay que arriesgarse con la gente.

Abigail se inclinó hacia mí y, justo entonces, oí un repentino clic.

—Perdone la interrupción, señor —dijo Sigmond.

Me aparté de Abby y me toqué el auricular.

—¿Qué pasa?

—He detectado una grieta en el deslizaespacio. Se está formando en el borde del sistema estelar —explicó—. Es la misma fisura por donde llegamos.

Lancé una mirada a intensa a Abigail, y ella se tocó su auricular.

—¿Quiénes son, Sigmond? ¿Tienes lecturas claras?

—Si el escáner es correcto, una nave de la Unión —Siggy se detuvo un segundo—. Confirmado. Nave entrante identificada. Es el Amanecer Galáctico.

CAPÍTULO 18

ABIGAIL Y YO corrimos a la sala de conferencias, presas del pánico.

—¡Nos tenemos que ir! —grité en cuanto vi a Freddie y a Dressler.

—¿Qué sucede? —preguntó Janus.

—Una nave nodriza de la Unión está entrando en el sistema —respondí.

—Son la gente de la que les hemos hablado —dijo Abigail.

Karin nos miró con horror.

—¿Los que los estaban persiguiendo?

Yo asentí.

—Los mismos. Si no nos vamos de aquí, arrasarán el complejo, y a nosotros con él.

—¿Y qué pasa con el núcleo? —intervino Dressler.

—Hemos acordado que lo pueden usar —dijo Abigail.

Abby miró a Karin y le dio la mochila.

—Sugiero que instalen ese trasto tan pronto como puedan y activen los misiles —dije.

Karin sacó el núcleo de la mochila y miró a Janus.

—Será mejor que nos marchemos.

—Mis emisores están desconectados. No los podré guiar cuando estén abajo —advirtió el cognitivo.

Dressler se acercó.

—Quizá pueda ayudar. No será la primera vez que maneje un núcleo.

—Manejarlo no es lo mismo que instalarlo —puntualicé.

—Puede que no, pero es más de lo que saben los demás —replicó la doctora—. ¿Qué otra opción tenemos?

—Josef —dijo Freddie—. ¿No me ha dicho que ha estado varias horas estudiando esas cosas?

—Anda, es verdad —afirmó Abigail.

Freddie sonrió y comentó:

—Si sabe cómo funciona, puede que sepa instalar uno.

—¿Dónde está? —preguntó Dressler.

Yo miré a Karin.

—¿En la sala médica?

Ella asintió y dijo:

—Síganme.

Josef estaba sentado junto a la cápsula donde estaba su esposa. La anciana dormía mientras la máquina reparaba su cuerpo.

Al vernos, el anciano alzó la cabeza y sonrió.

—Ah, ¿qué tal ha ido la reunión?

—Amigo, necesitamos que nos ayude a cambiar el núcleo de tritio viejo por el nuevo —dije, caminando hacia él.

Josef me miró con curiosidad, ligeramente boquiabierto.

—¿Insinúa que tiene un núcleo de tritio?

—Lo tengo —contesté—. Cogí uno antes de que nos conociéramos y ahora necesitamos usarlo. ¿Nos puede ayudar?

—¿Se refería a eso cuando estábamos en el exterior de la cueva y me dijo que podía tener la solución para nuestro problema?

Yo asentí.

—Y ahora, una nave se dirige hacia aquí. Tenemos que activar el sistema de defensa antes de que llegue.

Josef miró a Karin, que estaba justo a mi lado.

—¿Es cierto eso?

Karin se acercó al anciano y contestó:

—Lo es. Lo siento, padre. Sé que no quieres dejarla sola en estas circunstancias, pero...

—No, no, lo comprendo. La vida de nuestra gente está en juego —replicó—. Iré enseguida. Solo necesito... un momento.

Asentí de nuevo, me alejé de ellos y volví con Abby y los demás.

—Me tengo que ir, pero cuida de tu madre por mí, Karin —dijo, besando a su hija en la mejilla.

—No te preocupes, padre. Cuidaremos de ella.

—Buena chica —Josef sonrió, volvió junto a su esposa y contempló su dormido rostro a través del cristal de la cápsula—. Descansa, mi amor.

El anciano admiró a la guerra dormida durante unos instantes y, a continuación, sin decir otra palabra, se dio la vuelta y se fue.

—¡Pero capitán…! —protestó Freddie.

—Haz lo que te digo, Fred —le ordené—. Alguien tiene que quedarse en la nave, por si necesitamos más potencia de fuego. Y ese alguien eres tú.

—¿Y qué pasará si me necesitas en las cuevas?

—Tengo a Abigail y un grupo de soldados bien entrenados. Estaré bien. Tu misión es más importante. Puede que el Amanecer envíe a sus cazas y, si lo hace, Siggy y tú tendréis que defendernos.

Freddie tragó saliva y se rascó nerviosamente el brazo.

—No te decepcionaré.

—Lo sé. Por eso te lo pido a ti en lugar de pedírselo a Abby.

Me giré hacia los otros y dije:

—¿Preparados?

Josef, Abigail y el grupo de soldados estaban frente a mí, todos armados y preparados para entrar en acción. Hasta Dressler parecía dispuesta a combatir, tan seria como estaba.

—El núcleo central está debajo de nosotros —anunció Josef.

—Guíenos. Lo seguiremos —dije.

Josef sonrió y se dirigió a la salida más cercana. El resto lo seguimos; excepto Dressler, que se giró y lanzó una mirada a Freddie.

La esperé en la puerta mientras los demás continuaban.

—¿Ocurre algo? —le pregunté.

Dressler me miró. Noté que estaba sumida en un debate interno.

—Yo… —dijo, dubitativa—. Cuando me pidió que arreglara el motor…, descubrí algo.

—¿Qué descubrió? —pregunté, dando un paso hacia ella.

—Que no lo sabía arreglar. No soy especialista en dispositivos de deslizamiento —se justificó—. Sin embargo, tengo alguna experiencia con los sistemas de ocultación. Pasé varios años diseñando camuflajes.

Yo arqueé una ceja.

—¿Ha examinado mi sistema de camuflaje?

—Solo un rato, pero me di cuenta de que el diseño es de la Unión. Es fácil de distinguir si lo conoces —explicó, y luego agitó las manos—. En fin, cuando Abigail y usted salieron de la nave, ni Frederick ni yo teníamos gran cosa que hacer, así que busqué una forma de desactivar el transpondedor. No fue difícil.

—¿Ha arreglado el camuflaje? —pregunté, incapaz de creer lo que estaba oyendo—. ¿Por qué no me lo había dicho?

Ella bufó.

—¿Por qué cree? Ni siquiera estaba segura de querer desactivarlo… pero caí en la cuenta de que, si la Unión lo encuentra, nos atacará. Y sinceramente, no quiero que me maten por estar con usted.

—¿Solo ha desactivado el transpondedor por salvar el pellejo? —preguntó Freddie.

—Sé que suena terrible, pero son una banda de delincuentes. ¿Qué habría hecho usted?

—Seguramente, lo mismo —afirmé.

—Si he de ser sincera, le confieso que no estaba segura de haber hecho lo correcto. Pero cuando ha renunciado al núcleo de tritio… cuando han decidido arriesgar sus vidas por estas personas… —Dressler se detuvo y respiró hondo—. Bueno, supongo que ya se lo imagina.

—No, no me imagino nada —dije, acercándome a ella un poco más—. Necesito que me lo aclare, doc.

Ella me miró con exasperación.

—Sabe perfectamente lo que estoy diciendo. No se haga el tonto —dijo, pasando a mi lado—. Y vámonos ya o nos dejarán atrás.

Freddie y yo la vimos desaparecer en el túnel.

—Creo que le empezamos a gustar —dijo Fred.

—Siempre acabamos gustando —repliqué, con una sonrisa pícara.

Los habitantes del complejo nos miraron con curiosidad al vernos correr por los pasillos. Probablemente, se estaban preguntando qué pasaba; y lo averiguarían pronto, cuando Janus y Karin les explicaran la situación. Por mi parte, me pregunté si entenderían algo. ¿Que una gigantesca nave nodriza de un imperio desconocido se dirigía al planeta con intención de destruirlos? ¿Por qué iban a querer semejante cosa?

En parte, yo envidiaba su ignorancia. A pesar de lo peligroso que era su mundo, estaba tan alejado del resto de la galaxia que los permitía vivir en una burbuja donde solo estaban ellos. Hasta entonces, nunca habían oído hablar de los sarkonianos, la Unión o los renegados.

Quizá fuera culpa mía. A fin de cuentas, era yo quien había llevado mi nave a su planeta. Si no lo hubiera hecho, podrían haber seguido con sus vidas sin descubrir jamás el universo exterior.

En fin. Lo hecho, hecho estaba, y nadie lo podía cambiar; ni yo ni, desde luego, ellos. Para bien o para mal, tendrían que plantarse cara allí mismo.

Josef nos llevó por un tramo de escaleras que desembocaba en otro corredor. Janus había encendido las luces de emergencia para guiarnos. Era mejor que nada.

Mientras nos acercábamos a otra escalera, mi comunicador se activó.

—¿Me oyes, capitán? —preguntó Freddie.

—Te oigo. ¿Qué pasa?

—Sigmond dice que la nave de la Unión está cerca.

—Correcto —intervino Sigmond—. El Amanecer Galáctico ha puesto rumbo a este planeta. Llegará en cualquier momento.

Yo y el resto del equipo corrimos escaleras abajo.

—Buscad un lugar seguro —ordené—. Manteneos camuflados, y no disparéis si no doy la orden. ¿Comprendido, Fred?

—Comprendido —respondió.

—¡Y salid de mi maldito comunicador! —grité—. Tengo que concentrarme en...

La pared del fondo saltó por los aires, lanzando trozos de roca y metal al suelo. Todo se llenó de polvo, así que retrocedimos y nos alejamos. Como Josef iba por delante de mí, liderando la marcha, estuvo a punto de caerse, pero pude agarrarle del hombro y tirar de él.

Una figura saltó al corredor, rugiendo y soltando zarpazos. Alcanzó al soldado que tenía más cerca y clavó una garra en el estómago del pobre desgraciado, ensartándolo como un pedazo de carne.

El resto abrimos fuego, iluminando el pasillo con tal cantidad de descargas que me sorprendió que no se hundiera toda la estructura. Los soldados le metieron varias ráfagas de energía con sus lanzas, y le arrancaron las entrañas en cuestión de segundos. Fue el ataque más eficaz que yo había visto nunca.

El garrasdehueso, que había perdido la mitad del abdomen, cayó sobre su propia sangre. El soldado seguía ensartado en su garra y, aunque era obvio que estaba muerto —se notaba en la expresión vacía de sus ojos—, no podíamos dejarlo allí. Dos de sus compañeros lo apartaron del animal y lo apoyaron contra la pared, donde le tomaron el pulso para estar seguros de que había fallecido.

Yo esperaba algún tipo de ritual, pero solo hubo un breve instante de silencio cuando sus amigos, personas que seguramente lo conocían de toda la vida, le cerraron los ojos y le pusieron las manos sobre el regazo.

Ningún adiós, ninguna lágrima. Todo informal.

Mientras los miraba, me pregunté si era su forma habitual de comportarse. Llevaban tanto tiempo llevando una existencia miserable que cabía la posibilidad de que eso fuera todo lo que sabían hacer.

Entonces, me acordé de Lex.

Y di las gracias a unos dioses en los que yo no creía por no haberla condenado a vivir en un lugar tan terrible como ese.

Capítulo 19

Encontramos la sala del núcleo en menos de quince minutos, tras haber corrido por tres escaleras y siete plantas distintas.

Josef introdujo un código en el panel de la puerta y por fin pudimos acceder al interior. Las tenues luces del techo, situadas a lo largo de las paredes, creaban un ambiente cálido que casi resultaba relajante. Si no hubiera sabido dónde estábamos, casi me habría parecido pacífico.

Pero eso fue antes de que viera las pequeñas pilas de huesos, desperdigados por el suelo.

—Jace… —musitó Abigail.

Alcé la mano y susurré:

—Josef, ¿esto estaba aquí la última vez que vino?

—No —respondió el anciano—. Es nuevo.

Yo miré al soldado más cercano.

—¿Y usted? ¿Lo había visto antes?

El soldado sacudió la cabeza.

—Manténganse alerta, todos —dije en voz baja—. Vamos.

Avanzamos sigilosamente, intentando no pisar los montones de huesos. Frente a nosotros se alzaba una corta escalera que desembocaba en una plataforma. La máquina que buscábamos estaba al fondo; el punto central de aquel lugar, la razón de su existencia.

Pero también vi otra cosa: los agujeros que habían abierto los animales en las paredes. Incluso encontramos una especie de madriguera, aunque no supimos si estaba en uso o no.

Llegamos a la escalera en cuestión de segundos y subimos a la plataforma. El corazón se me salía del pecho cuando ataqué los escalones, uno a uno.

Por fin estábamos allí, por fin estábamos frente a la máquina, situada a unos veinte metros de distancia. Pero entre la máquina y nosotros había otra colección de huesos; salvo que esta vez eran distintos.

—Oh, dioses —susurró Dressler.

La doctora había visto lo mismo que yo, las calaveras humanas que estaban en el centro de varios montones. Porque, a diferencia de las colecciones previas, aquellas eran indudablemente humanas.

—Tranquila —dije, mirándola.

Sus ojos se movieron con frenesí, y me di cuenta de que se estaba dejando dominar por el pánico.

—Esto es… una salvajada —dijo con voz temblorosa—. ¡Son monstruos! ¡Son…!

Yo la interrumpí y la agarré del hombro.

—Si no baja la voz, la oirán.

—Pe… pero…

Abigail, que estaba justo a mi lado, la agarró suavemente de la muñeca y le dedicó una mirada tranquilizadora, como si fuera una madre intentando calmar a una niña.

Dressler tragó saliva y asintió con debilidad.

Yo señalé la máquina, haciendo saber a todo el mundo que debíamos seguir adelante.

Y entonces, lo oímos.

PUM.

El estruendo resonó en la sala. Todos nos giramos y miramos al mismo soldado, que estaba junto a la retaguardia del grupo. Nos devolvió la mirada con gesto de confusión y, acto seguido, bajó la vista y la clavó a sus pies. No había ningún hueso roto, nada que indicara que había dado un paso en falso.

PUM.

Nos miramos los unos a los otros, sin movernos. El segundo estruendo procedía de otro sitio que no pude localizar.

PUM.

PUM.

Volví los ojos hacia el fondo de la sala, hacia la máquina. Parecía venir de allí.

Una sombra se asomó por detrás, lenta y pequeña.

Extendí un brazo, planté la mano en el pecho de Dressler y, tras ponerla a mi espalda, preparé el rifle. Abigail hizo lo mismo, al igual que los soldados. Todos esperando y mirando.

El garrasdehueso que apareció ante nosotros tenía medio metro de altura y estaba cubierto de pelo blanco. Parecía una cría. Alzó las orejas, inclinó la cabeza hacia nosotros y avanzó torpemente hasta plantarse en centro de la sala, ante nuestras miradas de curiosidad.

Me di cuenta enseguida de que sus garras no estaban completamente desarrolladas, pero tuve la seguridad de que era de la misma especie que los otros. Además, las manchas negras de la zona donde deberían haber estado los ojos eliminaba cualquier duda al respecto.

—Chuchukuu —emitió con voz chillona.

Abigail soltó un suspiro de alivio, bajó el arma y dijo:

—Por todos los dioses…

—No es más que una cría —añadí yo, dando un paso hacia ella.

Alguien me puso una mano en el brazo. Era Josef.

—Espere —dijo.

Yo lo miré.

—¿Qué pasa? ¿Es que esa cosa va a escupir veneno? No me sorprendería.

—No, pero los garrasdehueso nunca dejan solas a sus crías durante mucho tiempo. La madre volverá pronto.

—¿Solo una? —pregunté.

Josef asintió.

—Sospecho que eso es una madriguera. Solo estarán la madre y las crías.

—Qué alivio —dije.

El anciano sacudió la cabeza.

—No ha visto a las madres, ¿verdad?

—Entonces, habrá que apresurarse —dijo Abigail, que sacó el núcleo de la mochila y se lo dio a Josef—. Dese prisa.

—Por supuesto —replicó Josef—. Janus, ¿estás ahí? ¿Me puedes oír?

—Te recibo —contestó el cognitivo por un altavoz cercano.

—Por favor, baja la barrera para que podamos sustituir el núcleo.

—Un momento.

La máquina que estaba ante nosotros emitió un zumbido bajo que asustó a la cría y la hizo huir.

—¡Chu! —gritó, a punto de caer sobre sus cuartos trasero—. ¡Chuchukuu!

La primera de las capas protectoras se empezó a mover y desapareció en el interior de la pared.

La segunda y la tercera capas se deslizaron y ocultaron del mismo modo, revelando el punto central de acceso. Era obvio que las personas que habían fabricado la máquina sabían lo mortífero que podía ser un núcleo de tritio, y habían hecho de la seguridad una cuestión prioritaria. Si una fuente de energía como aquella caía en malas manos, el desastre estaba asegurado.

Razón de más para que la Unión no encontrara la forma de replicar los tatuajes de Lex. Si lo conseguía, la galaxia no volvería a ser la misma.

Pero, en lugar de eso, yo había entregado el núcleo a un anciano senil que vivía en una cueva.

Era la decisión correcta.

Josef se acercó a la máquina, tocó unos cuantos controles e introdujo un código. Se encendió una luz interior, y una pequeña y transparente bandeja de cristal se deslizó hacia él, ofreciéndole el núcleo viejo.

El anciano me miró, esperando confirmación.

—Adelante —dije con firmeza.

Josef asintió y quitó el núcleo viejo.

La máquina dejó de sonar, y todas sus luces se apagaron. Josef dio el dispositivo a Abigail, que lo guardó en la mochila. Luego, él puso el nuevo en la bandeja y dejó que se volviera a cerrar.

La máquina rugió, emitiendo esta vez un zumbido atronador. Era tan fuerte que no pude oír a Abby cuando se dirigió a mí.

—¿Cómo? —pregunté.

Abigail se señaló el oído, intentando decirme algo.

Josef se apartó de la máquina, tapándose las orejas con las manos mientras las capas protectoras se cerraban.

Agarré al anciano por los hombros y le grité a la cara.

—¿Qué demonios está pasando?

—¡Se está reiniciando! —bramó—. ¡Espere un poco!

Justo entonces, el estruendo se desvaneció y la sala quedó en silencio. Las luces del techo, antes tenues y mortecinas, se volvieron súbitamente intensas.

—¡Chu! —gritó el pequeño garrasdehueso.

Dressler me miró, aún tapándose los oídos.

—¡Ha sido la peor secuencia de arranque que he visto en mi vida!

—Lo siento —dijo Janus, materializándose delante de nosotros—. El sistema tiene que reprogramarse antes de que pueda activar el nuevo núcleo.

Los soldados alzaron sus armas ante la súbita aparición, aunque solo tardaron un momento en darse cuenta de que era el cognitivo.

—Supongo que esto significa que sus emisores vuelven a funcionar —dije yo.

Janus sonrió.

—Eso parece. Se lo agradezco mucho.

—¿Qué hay que hacer ahora? —preguntó Abby.

—Karin ha autorizado el uso de los misiles de largo alcance —contestó Janus—. Por favor, regresen a la planta superior mientras inicio el proceso de activación. Tardará unos minutos.

—Janus, ¿sus defensas son potentes? —pregunté—. ¿Pueden detener una nave tan poderosa como el Amanecer Galáctico?

—Si los misiles siguen funcionando, creo que, como mínimo, daremos un buen espectáculo.

—¡Chu! —gritó la cría—. ¡Chu chu!

Yo noté una repentina vibración bajo mis pies.

PUM.

—¡Chu! —volvió a gritar el animalito.

Otra vibración.

PUM.

Me giré lentamente hacia Abigail y dije:

—Mamá ha vuelto.

—¡Preparaos! —ordenó Jamus.

Los soldados formaron un pequeño círculo alrededor de nosotros, pero yo me quité de en medio al más cercano.

—Fuera de mi camino —dije en voz baja, negándome a que otro hiciera el trabajo sucio por mí.

La cría gritó de nuevo.

—¡Chuchukú!

PUM.

PUM.

PUM.

Yo notaba cada paso de la madre, mucho más potentes que los de los otros. Pasos de una criatura mucho más grande.

Las piedras soltaban polvo, y el temblor del túnel se volvió más intenso a medida que se acercaba.

Cuando por fin la vi, me di cuenta de que las garras del monstruo eran más pequeñas que las de sus compañeros, y de que sus uñas solo eran la mitad de largas. Caminaba a cuatro patas, con casi todo su peso en la gorda parte central.

La madre se detuvo en la boca del túnel, alzó las orejas y soltó un rápido grito:

—¡Eepo! ¡Eepo!

La pequeña cría corrió a sus pies.

—¡Chu! ¡Chu!

El cuerpo de la madre se abrió entonces, y de su interior surgieron seis patas —como si fuera un insecto— que se cerraron sobre la cría y la pusieron sobre su espalda.

Yo no sabía qué hacer. No podíamos salir corriendo sin que la madre se diera cuenta y, probablemente, se enfrentara a nosotros; pero un ataque directo podía causar otros problemas.

Esperamos a ver qué hacía, sin dejar de apuntarla con nuestras armas. Yo noté que el soldado que tenía al lado cambiaba de posición, respirando con pesadez.

La garrasdehueso ladeó la cabeza y movió las orejas varias veces. Dio un paso hacia nosotros y se detuvo, esperando.

Una gota de sudor bajó por mi cuello. Tragué saliva, intentando deshacer el nudo de mi garganta. Podía oír los nerviosos movimientos de soldados cercanos. «Sabe que estamos aquí», pensé, observando a la criatura.

La madre dio un paso atrás, replegó sus seis patas y metió a la cría en su marsupio. Luego, soltó un rápido «eepo», y la cría replicó con un «chu».

El monstruo se giró entonces y entró en el túnel, dejándonos atrás. El suelo volvió a temblar mientras se alejaba, internándose en la oscuridad.

—Oooh, dioses —musitó Dressler.

—¿Por qué no nos ha atacado? —dijo Abby.

—Querría proteger a su cría —comentó la doctora—. Un ataque la habría puesto en peligro.

Yo me permití respirar, intentando calmar mis nervios.

—Salgamos pitando de aquí —dijo—. Ya estoy harto de esta pesadilla.

CAPÍTULO 20

REGRESAMOS DE UNA pieza, sin monstruos que nos retrasaran esta vez. Buena cosa, porque el Amanecer Galáctico estaba a punto de entrar en órbita.

—Lo estamos monitorizando —dijo Freddie por el comunicador. La Estrella Renegada estaba en una órbita baja, camuflada y fuera de la vista—. Sigue en rumbo hacia el planeta.

—Específicamente, hacia su posición actual, señor —puntualizó Siggy.

Yo maldije en voz alta, sacudiendo la cabeza.

—Si podéis, no os acerquéis demasiado. Manteneos al margen por ahora.

—Comprendido —replicó Siggy.

Miré a Karin, que estaba como todos: de pie, junto a la mesa de la sala de conferencias.

—Necesitamos opciones —dije.

Janus se materializó a su lado y anunció:

—Sistemas de defensa activados. De momento, parecen operativos.

—Pues prepárese para usarlos —declaré.

—Otra cosa —dijo el cognitivo—. Creo que puedo activar el escudo de fuerza de la estación; o una parte, al menos.

—¿Qué significa eso? ¿Qué parte?— preguntó Abigail.

—El escudo se diseñó para que ocultara los tres complejos, pero necesitaba los tres núcleos de tritio para funcionar. Como los otros complejos se han quedado sin núcleo, solo puedo usar…

—El nuevo —intervino Dressler, terminando la frase con ojos muy abiertos—. Y si hace eso, podría drenar su energía.

—Es una posibilidad —admitió Janus.

—Creía que estaba a plena potencia —dije yo.

—Y lo está —replicó Janus—. Sin embargo, su potencia de salida tendría que triplicar la capacidad para la que está pensado. Los núcleos de tritio se recargan automáticamente cuando están en funcionamiento. Si exceden la capacidad prevista, podría perder toda su potencia.

—¿Puede limitar el alcance del escudo? —preguntó Dressler, que hasta entonces se había mantenido detrás de mí, en silencio—. Limítelo a esta sección.

—Sí, supongo que es posible, pero ese no es el único problema —comentó Janus.

—¿Y eso? —pregunté.

Janus giró la muñeca, y en la pared apareció la imagen del *Amanecer Galático*, ya en órbita.

—Si esa nave es tan poderosa como afirman, es probable que bombardee el escudo. Y las estructuras de aquí están tan deterioradas que no aguantarían mucho.

—Pero puede funcionar —afirmé.

Janus asintió.

—Un rato.

—Cuando dijo que sus sistemas volvían a estar activados, ¿se refería también a las comunicaciones? —preguntó Dressler.

—¿Qué comunicaciones? —dijo el cognitivo.

—Las de largo alcance. Las de fuera del planeta y del sistema.

—Si hubiera formulado esa pregunta hace mil años, habría dicho que sí. Pero ahora, reconozco que no tengo ni idea.

—Hum.

Dressler se quedó en silencio un momento, rascándose la oreja. Yo me sorprendí esperando a que continuara, mientras la tensión del ambiente aumentaba por segundos.

—Por todos los dioses, doc, ¿qué narices está pensando? —pregunté al final.

Ella se estremeció al oírme.

—Oh, lo siento, capitán. Estaba dando vueltas al asunto —contestó, antes de clavar la vista en Janus—. ¿Podría enviar una señal de largo alcance en todas las direcciones? ¿Algo que solo pudiera captar una antigua nave de la Tierra?

—Eso depende de cómo esté el sistema de comunicaciones después de tanto tiempo —respondió el cognitivo.

—Pero, si está en buen estado, ¿se podría hacer?

—Ciertamente —dijo, asintiendo.

Dressler me lanzó una mirada maliciosa.

—Esa es la respuesta —afirmó—. Enviaremos un mensaje a Titán y les daremos nuestra localización. Es la mejor opción que tenemos.

Su sugerencia me sorprendió. No se me había ocurrido esa posibilidad. Si funcionaba, Atenea y los otros podrían llegar al planeta y salvarnos.

—¿Le parece posible, Janus? —pregunté.

—Me parece que lo puedo intentar.

—Esperen un momento —intervino Karin—. Por lo que están diciendo, parece que vamos a entrar en guerra con esa gente. ¿De verdad creen que el asunto llegará a esos extremos? ¿No podríamos hablar con ellos y buscar una solución?

Esta vez fue Abigail quien contestó.

—Este planeta es mucho más valioso que nada de lo que han encontrado hasta ahora. Harán lo que sea con tal de esquilmarlo.

Karin clavó la vista en la mesa.

—Después de todo este tiempo, nuestro primer contacto con el resto de la galaxia va a ser de carácter hostil —se quejó, y soltó un suspiro—. Nos va como anillo al dedo.

—Sobrevivirán —afirmé.

—¿Cómo? Por lo que me ha contado sobre esa gente, tienen más recursos que nosotros. Vivimos con los restos de lo que nuestros antepasados dejaron. Nadie ha realizado tareas de mantenimiento de ninguno de esos equipos. Ni siquiera tenemos naves.

—Naves —repetí yo, casi para mis adentros.

—¿Qué estás pensando, Jace? —preguntó Abby.

Yo no lo había pensado hasta entonces, pero la lanzadera seguía en la Estrella Renegada. No la habíamos podido usar porque estábamos demasiado lejos de Titán; pero puede que entonces, con el núcleo nuevo en funcionamiento...

—Janus, ¿sabe algo de la nave que tengo en la Estrella? —le pregunté.

—¿La nave de asalto de corta distancia?

—La misma. Tiene pinta de triángulo gigante.

—Estoy versado en la tecnología de la época anterior a la colonización.

—¿La podríamos reactivar con el núcleo nuevo?

—Ah, sí… los enlaces del conector estaban desactivados, pero supongo que ahora estarán disponibles —contestó.

Yo me toqué el auricular.

—¡Siggy, Freddie, traed vuestros culos aquí! ¡Necesito la nave que tenéis en la panza!

—¿Quieres que volvamos a la superficie? —dijo Freddie.

—¿Qué está haciendo, capitán? —preguntó Karin.

—Sí, por favor, sáquenos de dudas —ironizó Dressler.

—No lo celebren todavía, señoras —exclamé, notando que su corazón se empezaba a acelerar—. Pero, por todos los dioses… creo que se me ha ocurrido una idea.

Tras una larga discusión, por fin teníamos un plan.

O, por lo menos, algo parecido. Todo dependía de que el antiguo sistema de comunicaciones siguiera operativo. Lo demás solo tenía un objetivo: ganar tiempo.

Abigail y yo corrimos por el complejo y salimos al exterior, dejando a Dressler atrás para que ayudara a Karin y los suyos a reactivar la red de comunicaciones.

Freddie me estaba esperando en la nieve, con mirada de nerviosismo. Indudablemente, estaba aterrado con la amenaza inminente de lo que estaba sobre nosotros, en órbita.

—¿Qué plan tienes, capitán? —preguntó.

Yo corrí a la bodega de carga, me acerqué a la antigua nave de asalto y toqué la escotilla.

Me sentí aliviado cuando mis tatuajes empezaron a brillar. Era lo que esperaba. La nave volvía a estar operativa, gracias al nuevo núcleo de tritio del complejo.

La escotilla se abrió hacia arriba, proporcionándome acceso.

—Mantén camuflada la Estrella y sígueme —le ordené—. No entres en combate con el enemigo si puedes evitarlo. ¿Entendido, Fred?

—Supongo.

—Abby será tu artillera, como la última vez —dije, asintiendo hacia la monja.

—Déjalo en nuestras manos —murmuró ella.

—Ya, pero… ¿por qué estamos haciendo esto? —quiso saber Freddie—. Atacar a la Unión es un suicidio.

—Vamos a ganar tiempo mientras Janus y los demás intentan comunicarse con Titán —le expliqué.

—¿Titán? ¿Lo dices en serio?

Sonreí de forma traviesa y me subí a la nave.

—¿Es que no tengo aspecto de decirlo en serio?

El interior de la nave ya estaba rebosante de actividad, esperando a que activara los controles. Me senté, puse una mano en la consola e intenté ordenar mis pensamientos. Solo habían pasado unos cuantos días desde la última vez que la había utilizado, pero casi no había tenido tiempo de practicar.

La nave se alzó en la bodega de carga y flotó suavemente. Freddie me miró desde la zona de las taquillas. Me toqué el auricular con la mano libre y dije:

—Ponnos en el aire, Fred. Y mantennos ocultos.

Freddie asintió, corrió hasta el fondo y subió por la escalera. Yo volví a posar la pequeña nave en el suelo y la dejé en posición de espera.

Abby se quedó allí unos instantes, observándome desde la esquina. Noté el momento en que la preocupación llegó a su mirada y empezó a crecer. El peligro estaba justo ante nosotros y, esta vez, Titan no estaba allí para ayudarnos. Ni siquiera funcionaba nuestro motor de deslizamiento. Y peor aún: en aquel planeta había cientos de personas cuya vida dependía de que tuviéramos éxito.

Forcé una sonrisa y le dediqué una mirada de seguridad. Ella hizo lo mismo.

Cuando los motores se encendieron bajo nuestros pies y la Estrella Renegada despegó del mundo cubierto de nieve, me pregunté cómo era posible que las cosas hubieran cambiado tanto en tan poco tiempo.

Para todos nosotros.

Y que me llevaran los demonios si permitía que murieran.

Capítulo 21

La Estrella Renegada atravesó los cielos a la velocidad justa para que no la detectaran los sensores del Amanecer Galáctico. Si nos acercábamos demasiado, podrían detectar la huella de calor de nuestros motores; pero, a esa distancia, estaríamos a salvo y podríamos salir de la atmósfera.

Sin embargo, eso nos obligó a volar cientos de kilómetros en otra dirección (hacia el este, en este caso), para no toparnos directamente con ellos.

Entramos en órbita y apagamos los motores, tras poner la nave en un rumbo que la llevaría hasta el Amanecer en menos de quince minutos.

—Abre la bodega, Siggy —ordené, volviendo a poner la mano en la consola de la nave de asalto, que se alzó de nuevo.

—Ahora mismo, señor —dijo la IA.

La compuerta de la bodega de carga chirrió y se abrió lentamente. Yo moví la nave hacia delante, hacia la salida. En cuanto estuve fuera, me giré para mirar el interior de la Estrella, que parecía un portal flotando en mitad del espacio. La compuerta se empezó a cerrar, y la luz del interior se debilitó primero y desapareció después, permitiendo que el sistema de ocultación volviera a camuflar la nave.

Me alejé y me dirigí hacia el Amanecer. Sabía que la naturaleza de aquellas antiguas naves terrestres impediría que me detectaran, pero decidí ser cauto de todas formas, por si acaso, y me mantuve a una distancia prudencial por si tenía que huir.

—Por favor, señor, tenga cuidado. El Amanecer Galáctico está enviando una transmisión a la superficie del planeta —me informó Sigmond.

—¿Qué tipo de transmisión?

—Parece una grabación de vídeo. ¿Quiere que la reproduzca? Puedo transmitir la señal a su sistema holográfico.

—Vale —dije.

La imagen se materializó ante mí y, con ella, un rostro familiar.

—Atención, capitán Hughes y todos los que puedan estar escuchando esto. Respondan inmediatamente. Tenemos su localización y las coordenadas de la base o las instalaciones donde se encuentran. Respondan ya o abriremos fuego.

El general Brigham habló con firmeza, pero sin poder ocultar su enfado. Estaba ahí, en el fondo de sus ojos, esperando a desatarse. Si yo le daba una oportunidad, me rompería el pescuezo con sus propias manos.

—Siggy —dije, apagando el holo con un simple pensamiento—. No dejes de vigilar esa nave. Si pasa algo más, dímelo.

—Por supuesto, señor —contestó la IA.

Dije a la nave que abriera un canal con Janus. Segundos después, apareció otro holograma; pero, esta vez, era el cognitivo.

—Hola, capitán.

—Informe de la situación.

—Creo que, con la ayuda de la doctora Dressler, podremos restablecer el sistema de comunicaciones. Se ha ido a hacer las reparaciones necesarias en compañía de un pequeño equipo de personas.

—¿Cree que lo conseguirá?

—Es altamente capaz —respondió—. Confío en que el sistema estará activado dentro de poco.

—¿Y el escudo?

—Lo hemos modificado y estamos preparados para desplegarlo.

—Pues hágalo —ordené.

Él asintió.

—Desplegando escudo —dijo—. Por cierto, la nave enemiga está en nuestro punto de mira. Cuando vaya a atacar, díganoslo y haremos lo mismo.

Pensé en el complejo, sin darme cuenta de que eso cambiaría el holograma. Janus desapareció y dio paso a una imagen de la superficie del planeta, donde se veía el complejo entero; pero también vi la ola de energía azul que salía del suelo, rodeándolo como una burbuja. Era idéntico al escudo de Titán, translúcido y de un tono azulado.

—Terminada secuencia de activación —dijo Janus.

—Permanezca a la espera. Prepárese para lanzar esos misiles.

—Comprendido —dijo, y cortó la comunicación.

Yo me quedé allí, esperando en el vacío del espacio. No sería yo quien empezara la pelea, porque solo habría servido para que su resolución llegara antes, y Janus necesitaba todo el tiempo que pudiéramos ganar para enviar aquel mensaje. Cuanto más tardaran esos canallas en darse cuenta de lo que pasaba y atacar el complejo, más posibilidades tendríamos de...

Brigham volvió a aparecer en mi consola.

—Veo que han activado un escudo de fuerza —dijo—. Si no lo desactivan y se entregan, procederemos con el ataque. Tienen diez segundos para responder.

Me incliné hacia delante, y mi nave se movió conmigo, aunque con más potencia de la que yo pretendía. Salí disparado hacia la nave nodriza, y apunté a sus cañones delanteros.

—Como quieran —continuó el general Brigham, sacudiendo la cabeza—. Empiecen el bombardeo.

El holograma desapareció mientras yo me acercaba al Amanecer. Sus cañones cuádruples estaban girando, preparándose para disparar. Vi un destello, y una ráfaga tan ancha y poderosa como para destruir una ciudad entera.

Los proyectiles impactaron en el escudo, cuyo lateral hizo ondas con las cuatro explosiones.

Me situé a distancia de disparo y ordené a mi nave que atacara. De inmediato, disparó un solitario rayo azul que alcanzó al Amanecer Galáctico y partió por la mitad dos de sus cañones.

—¡Ahora, Janus! —ordené, moviendo la nave el siguiente grupo de cañones—. ¡Fuego!

—Comprendido —dijo el cognitivo.

El holo mostró docenas de misiles, saliendo de una sección del complejo que yo no había visto antes. Casi todos habían estado enterrados bajo la nieve, en los silos ocultos que se abrieron entonces. La mayoría funcionó, y ahora se dirigía hacia la nave agresora como una pequeña flota de bombas no tripuladas.

En respuesta, el Amanecer Galáctico alzó su escudo y me atrapó dentro de él, justo después de que yo reventara varios de los misiles de la nave de Brigham que intentaban interceptar a los otros. Tuve la sensación de que ya había vivido eso.

Mientras las armas de Janus salían de órbita, yo decidí poner mi punto de mira en todos los sistemas vitales que pudiera encontrar. A diferencia de la vez anterior, no tenía ninguna mina; pero tampoco importaba. Encontraría algo a lo que disparar, aunque me matara.

Apunté al segundo racimo de cañones cuádruples, y ordené a la nave que disparara.

Mi rayo los alcanzó en el mismo momento en que los misiles supervivientes del planeta impactaron en el escudo del Amanecer, provocando ondas en su superficie. Después, el escudo desapareció; desactivado, pero no destruido, lo cual significaba que estaba a punto de pasar otra cosa.

Tal como imaginaba, la nave nodriza abrió varias compuertas, por donde salieron enjambres de naves de asalto, como insectos del interior de una colmena. Salieron a espacio abierto y avanzaron hacia mí por los dos costados del Amanecer, en paralelo a esta.

Mi posición no podía ser más comprometida.

—¡Dispare el resto, Janus! —bramé, alejándome de la nave del general—. ¡Freddie, Abigail! ¡Preparaos!

—Comprendido —dijo el cognitivo.

—¡Allá vamos! —exclamó Abby.

El enjambre me siguió mientras yo me alejaba, dirigiéndolos hacia la parte septentrional del planeta, cerca de su luna. Pero, antes de estar demasiado lejos, viré en redondo, apagué los motores y disparé un único haz al centro de la muchedumbre.

El haz destrozó varias de las naves, que estallaron. Otras quedaron a la deriva.

Sin embargo, el resto se agruparon y siguieron hacia mí, disparando todo lo que tenían.

—¡Sigue camuflado, Freddie! —grité—. ¡No enseñes tus cartas todavía!

—¿Cuánto tiempo? —preguntó.

—¡Tú espera! —dije.

Entré en la órbita de la luna, con el enjambre pisándome los talones. Seguían disparando, pero mi nave era más ágil y rápida. No conseguían fijar el tiro.

El holo me mostró la apertura de otro silo, que lanzó otra serie de misiles.

Había llegado mi oportunidad.

Dirigí al enemigo hacia ellos, entrando en la atmósfera del planeta, pero no demasiado. Las naves me siguieron, sin dejar de disparar. El casco de la mía se estremecía con cada impacto, y pensé brevemente que quizá no saldría de aquella.

Pero entonces, vi los misiles.

Crucé por delante de su camino en el último instante, y los misiles estallaron detrás al impactar contra varios cientos de naves de asalto.

El holo me enseñó esta vez una extensa cadena de explosiones que iluminó el cielo y un montón de restos que empezaban a caer desde los destrozados aparatos. El destello duró varios segundos. Las naves que no habían sido destruidas estaban a la deriva, inutilizadas o cayendo hacia tierra.

Sin embargo, varios misiles habían conseguido pasar, y volaron hasta alcanzar su siguiente objetivo: el Amanecer, cuyo escudo quedó fracturado.

Atravesé las nubes rápidamente y volví al espacio.

—¡Maldita sea! —gruñí al ver las luces en mi holo, indicadoras todas de una nave enemiga. Pero ya no había cientos, sino solo unas cuantas docenas. Nunca habría imaginado que los misiles las pudieran diezmar hasta ese extremo—. ¡Freddie, Abigail! ¡Ya es hora de entrar en acción!

—¡Sí, capitán! —respondió Fred.

La Estrella Renegada se descamufló en órbita y disparó a un grupo de naves enemigas con sus cañones. Una breve explosión iluminó la oscuridad y aniquiló tres naves, como pude ver cuando la luz desapareció.

La Estrella lanzó una ráfaga de proyectiles contra una nave mientras sus cañones cuádruples se encargaban de otra. Como ya se estaba ocupando de ellas, puse mi punto de mira en el Amanecer y, mientras mi nave ascendía, Brigham volvió a atacar la base.

—Janus, informe de la situación —dije.

—Los escudos resisten. La doctora ha conseguido cambiar un cableado defectuoso y, gracias a ella, he podido activar la red de comunicaciones.

—¿Cuándo va a enviar la transmisión?

—Ya la he enviado —respondió—. Hace treinta segundos. Si Atenea tiene un receptor activado, la debería detectar dentro de poco, aunque esté en el desliespacio.

El Amanecer Galáctico estaba justo delante de mí, cebando los cañones para volver a bombardear el planeta.

—Entonces, aún tenemos que ganar tiempo —comenté, entrecerrando los ojos mientras miraba la nave nodriza—. Janus, ¿le quedan más misiles en el bolsillo de atrás?

—Me temo que el arsenal se ha agotado, capitán. Ahora está solo.

«Buena racha», dije al cargarme otro grupo de cañones. Ya solo quedaban unos cuantos. Entre los cañones que había perdido y la enorme cantidad de naves de asalto que habíamos destruido, el Amanecer no tendría más remedio que retirarse. Solo teníamos que seguir…

Una alerta se disparó en mi consola, informándome de que el túnel de deslizamiento se acababa de abrir. Era el túnel por el que había llegado la nave nodriza, y eso solo podía significar una cosa.

Varios indicadores se encendieron. Todos, por naves sarkonianas y de la Unión.

—Mierda —musité, viendo cómo se abría y cerraba el vórtice cada vez que pasaba una nave.

En apenas unos minutos, llegaron tres cruceros de la unión y ocho cazas sarkonianos. Las cosas se iban a poner feas.

—¡Freddie, alinéate con el Amanecer! —exclamé—. Suéltale todo lo que tienes antes de que lleguen los otros. Haz tanto daño como puedas.

—Voy —dijo Freddie.

Nuestras dos naves convergieron sobre la de Brigham, y salimos disparados hacia sus últimos cañones cuádruples. Quizá no pudiéramos detener a los otros; pero, por lo menos, podíamos impedir que el Amanecer siguiera bombardeando el complejo.

—La flota llegará en dos minutos —me informó Sigmond—. Aconsejo una retirada rápida, señor.

—Todavía no —respondí.

Puse mi nave delante del Amanecer. Brigham había hecho varias reparaciones desde nuestro encuentro anterior, pero yo habría apostado cualquier cosa a que no había terminado de arreglar el casco; sobre todo, en la sección que yo había hecho añicos. Y acerté: mis sensores indicaron que el casco era más débil en esa zona, y que tenía signos de deterioro. Las cuadrillas de reparaciones habían conseguido sustituir su sección externa, pero no habían tenido tiempo de hacer nada más. Si mi ataque era lo suficientemente potente, cabía la posibilidad de que pudiera eliminar a ese canalla de una vez por todas.

Ordené a mi nave que disparara a aquel punto, y soltó un haz de energía azul; pero esta vez fue precisa, como el bisturí de un cirujano. El casco se empezó a agrietar lentamente, cediendo a mi descarga. Tardaría un rato en romperse, pero era la mejor opción que tenía.

—Señor, los sensores detectan que se está abriendo otro túnel de deslizamiento, cerca del sexto planeta —declaró Sigmond.

—Repítemelo, Siggy.

—Se está abriendo otro, señor. Viene otra nave.

—¿Es de la Unión? ¿O sarkoniana? —pregunté, encendiendo el holo.

—Ni de la una ni de los otros. Parece…

El holo se iluminó, mostrando la gigantesca esfera que empezaba a salir del túnel. Los ojos se me pusieron cuando platos cuando la reconocí.

Era Titán. Por fin había llegado.

CAPÍTULO 22

ME SENTÍ TAN aliviado que pegué un puñetazo a la consola y perdí momentáneamente el control de la nave.

—¡Ya está aquí! —grité.

—Capitán Hughes, soy Atenea, la cognitiva de la nave colonial Tirán. ¿Me recibe?

—Te recibo —contesté, sin dejar de disparar el haz contra la nave nodriza.

—Los sensores indican que varias naves enemigas se acercan a su posición —me informó—. ¿Quiere que intervenga?

—¡Sí! —gritó Abigail—. ¡Por todos los dioses, sí!

—Muy bien —dijo la cognitiva—. Estableciendo rumbo y desplegando naves adicionales.

—¿Naves adicionales? —preguntó Freddie.

La imagen del holo se enfocó en Titán, mostrando las tres nuevas luces que acababan de salir de su interior.

—¿Estáis todos bien? —preguntó una voz por el comunicador.

—¿Eres Alphonse? —dijo Freddie.

—El mismo —contestó—. Pero no estoy solo.

—Yo también estoy —se sumó Octavia.

—Y yo —dijo Bolin.

—Vaya, menuda sorpresa —declaró Abigail—. Parece que todos hemos estado bastante ocupados desde nuestro último encuentro.

—Bueno, dejemos nuestras historias para después —ordené yo—. Concéntrate en las otras naves, y que Alphonse, Octavia y Bolin protejan el planeta. Es lo prioritario.

—Entendido —dijo Alphonse—. Ya vamos.

—¿Por qué el planeta? —preguntó Octavia.

—Porque hay gente abajo —contestó Abigail—. Gente como Lex.

—¿Cómo? Vaya, eso es interesante —dijo Alphonse—. ¿Qué patrón de ataque prefieres, capitán?

—Encargaos primero de los sarkonianos. Son más pequeños y rápidos —respondí—. Dejad que Atenea se ocupe de los cruceros.

—Comprendido —replicó Alphonse.

Sus tres naves se dirigieron hacia la flota y dispararon sus rayos a la vez, atravesando varias naves enemigas.

Yo me volví a concentrar en el Amanecer Galáctico. No iba permitir que Brigham me tendiera otra trampa. No ese día.

La Estrella Renegada se sumó a los otros. Primero se camufló y, a continuación, se descamufló el tiempo necesario para disparar un cañón antes de ocultarse otra vez. Nada como el juego del escondite para mantenerlos ocupados.

—Capitán, voy a transferir la conexión de su nave a Titán —me informó Atenea—. Al parecer, la fuente actual se ha vuelto inestable.

—¿Inestable? ¿Y eso?

—Los sensores muestran una inestabilidad en el núcleo de tritio del complejo; probablemente, porque se ha sobrecargado para mantener el escudo. ¿No lo sabía?

Llamé a Janus de inmediato. Su cara apareció en el holo, igual que antes.

—¿Va todo bien? —le pregunté.

—Lo siento, capitán —contestó—. Tenemos una sobrecarga en el sistema. Karin ha iniciado el procedimiento de evacuación de urgencia.

—¿Dónde se va a llevar a la gente? —dije.

—Al tercer complejo, por un camino de la superficie. El núcleo se ha vuelto inestable. Si seguimos sufriendo daños, se podría producir un colapso absoluto.

—¿Qué quiere decir eso del colapso absoluto?

Él me miró con intensidad.

—El fin del complejo, me temo.

—Mierda —dije—. ¿Hasta dónde llegaría la onda expansiva?

—Lo desconozco —respondió el cognitivo.

—¿Me permite, capitán? —intervino Atenea, cuya voz de incorpórea sonó en toda mi nave—. Saludos, Janus. Discúlpeme por saltarme las presentaciones, pero puede que tenga una sugerencia.

—Bienvenida al vecindario —dijo Janus.

—Gracias —replicó Atenea—. Si consigo acercar Titán al planeta, es posible que les pueda enviar varias naves de transporte.

—Creía que no podías dirigir esas naves sin pilotos —dije yo.

—Correcto. Sin embargo, se pueden dirigir automáticamente con los haces energéticos de Titán. Tendré que disminuir temporalmente la potencia del escudo, pero mis cálculos demuestran que es la mejor solución.

—A mí me parece bien —comenté—. ¿Janus?

—A mí, también —dijo—. Atenea, le estoy transfiriendo las coordenadas para la extracción. Gracias.

—De nada.

Según el radar, los cruceros estaban a punto de alcanzarnos y llegarían poco después que Titán. Si no solventábamos rápidamente la situación, moriría un montón de gente.

Penetré el casco exterior del Amanecer Galáctico justo cuando Titán llegó. Los sensores me indicaron que había atravesado la primera cubierta, que —hasta donde yo sabía— parecía ser la bodega de carga.

Titán llegó y liberó una pequeña flota de naves que se dirigieron a la superficie del planeta. En respuesta, la nave nodriza disparó contra el escudo de Titán con varias de sus torretas defensivas; pero, sin acceso a sus cañones cuádruples, no podían hacer gran cosa.

Entre tanto, Titán dedicó tanta energía al rescate y la defensa que no pudo contraatacar adecuadamente, así que me quedé solo, soportando el constante ataque.

Una de las naves sarkonianas se separó de las otras y se acercó velozmente a mí. Disparó una serie de ráfagas, y solo tuve unos cuantos segundos para salir huyendo.

Ordené a la nave que interrumpiera el haz e iniciara maniobras de evasión, pero no antes de que uno de los proyectiles impactara mi costado y me hiciera salir despedido, dando vueltas. Cuando logré enderezar el aparato, divisé otros proyectiles y ordené a la nave que bajara en picado.

Volé hacia la superficie, nivelé al llegar a la estratosfera, dejé que la fricción atmosférica me arrastrara, encendí los propulsores y volví a subir.

Al ver que los torpedos se acercaban, ordené a la nave que soltara sus bengalas antimisiles al espacio. Alcanzaron a los proyectiles, que estallaron detrás de mí.

Ahora solo tenía que enfrentarme a la nave sarkoniana. Me alejé, paré los motores y me giré para situarme frente a ella. En cuanto la tuve a la vista, ordené a la nave que disparara el cañón y le lancé una ráfaga continua.

El pobre no tuvo ninguna opción.

Antes de que pudiera celebrarlo, la cara de Janus se materializó en mi holo.

—Capitán, todos los miembros de la colonia están a bordo de las naves, esperando a despegar.

—¿Atenea? —dije—. ¿Lo has oído?

—Sí —dijo al instante—. Gracias, Janus. Preparados para la extracción.

—Janus, ¿Karin está ahí? —pregunté.

—Está en una de las naves, con Lucía, Josef y los demás.

—¿Y usted?

—Me temo que no tengo la habilidad de abandonar el complejo.

Yo me quedé en silencio, sorprendido por su declaración.

—¿Está…? ¿Está seguro?

—Del todo —dijo—. Siento el inconveniente, capitán, pero es sencillamente inevitable. Mis procesos dependen enteramente del sistema. No puedo salir de aquí, salvo que…

—¡Atenea! —bramé—. ¡Haz algo!

—Si tuviera tiempo, podría iniciar una transferencia —dijo.

—¿Ha oído eso, Janus? —imploré yo—. ¡Aguante un poco más!

—Desgraciadamente, la transferencia no funcionará. El núcleo fallará en cualquier momento y, si lo apago, se fundirá. Podría destruir los transportes antes de que puedan despegar. Debo mantener mi posición.

—¡Apague esa maldita cosa! —grité—. Janus, aún podemos salvarlo...

El holo parpadeó, distorsionando brevemente el rostro de Janus antes de ajustarse de nuevo. El cognitivo parecía estar mirándome a mí a los ojos.

—Cuide de ellos, Jace Hughes —dijo, y una sonrisa cálida iluminó su cara—. Lo dejo todo en sus manos.

—¡Janus!

Extendí un brazo hacia el holograma, que desapareció en ese momento.

De repente, un tremendo destello iluminó la superficie del planeta, y el hongo atómico más grande que yo había visto nunca se extendió por el cielo.

Los cruceros dispararon todo lo que tenían contra Titán. Atenea aumentó el alcance del escudo para proteger a las otras naves a medida que llegaban; pero tardarían unos cuantos minutos, y yo supe que el escudo no aguantaría tanto.

—Que todo el mundo forme conmigo —ordené.

—¿Cuál es el plan, capitán? —preguntó Alphonse.

—Disparar al primer crucero. Entre los cuatro, le causaremos algún daño y ganaremos tiempo para Atenea.

—¿Y qué hacemos nosotros? —intervino Abigail.

—Seguid usando el camuflaje como hasta ahora. Cubridnos las espaldas, y dejadnos casi toda la fiesta a nosotros —dije—. Pero estad atentos, por si hay naves rezagadas. No necesito que otro sarkoniano me vuelva a pillar por sorpresa y me lance sus misiles al trasero.

—¡Los dos estamos contigo! —exclamó Freddie.

—Los tres —le corrigió Sigmond.

—¡Eso! —dijo Fred.

La Estrella Renegada se camufló mientras el resto abría fuego contra el crucero más próximo. Cuatro intensos rayos destrozaron los cañones delanteros y barrieron el casco rápidamente. El crucero intentó contraatacar, pero les costó tanto que disparaban a ciegas en todas las direcciones.

Un segundo después, abrió su bodega de carga y soltó un pequeño escuadrón de cazas; pero, antes de que pudieran alejarse, Alphonse y Octavia se plantaron *in situ* y dispararon contra ellos y contra la bodega de carga.

Bolin apareció por detrás y se metió literalmente dentro del crucero. Su rayo prendió fuego a todo lo que estaba a la vista, provocando una oleada de fuego azul en la cubierta y los corredores cercanos. Los sistemas de emergencia activaron los dispositivos antiincendios, pero ya era demasiado tarde. La mitad de la cubierta estaba destruida.

Mis sensores detectaron cientos de puntos que abandonaban el crucero. Eran cápsulas de salvamento, y me pareció extraño, porque no creía que hubiéramos dañado la nave hasta el extremo de que se vieran obligados a abandonarla.

Las cápsulas encendieron sus propulsores y se dirigieron hacia el crucero que estaba en retaguardia.

—¡Huyen! —bramó Bolin.

—Concentraos en este crucero —dije—. Ya atacaremos al segundo cuando…

Una luz blanca me cegó. El crucero acababa de estallar, rompiéndose en mil pedazos. La onda expansiva me aplastó contra el asiento y me hizo perder el control.

Mi nave salió despedida, se alejó de los restos y me acercó cada vez más al planeta.

CAPÍTULO 23

SOLO ESTUVE UNOS segundos fuera de combate, pero bastó para que olvidara dónde estaba y lo que estaba haciendo.

Casi no me podía mover, y la nave giraba como un trompo, fuera de control. ¿Cómo había acabado así? ¿Qué era esa sensación de vacío que tenía en el estómago? ¿Estaba a punto de morir?

Mis ojos barrieron el interior de la nave, buscando una solución. Quise hablar, pero el esfuerzo me resultó excesivo. Casi no me podía ni mover.

Alcé un brazo lentamente, sacando fuerzas de flaqueza, haciendo lo posible que alcanzar la consola. Intentaba…

Apreté los dientes y doblé los dedos, como agarrando el aire. Un poco más y lo habría conseguido.

Mi mano llegó al borde de la consola, y una luz azul se formó bajo mis dedos.

—¡Alto! —logré gritar por fin.

Los propulsores se encendieron y detuvieron la nave en seco, con tanta fuerza que me dolió en el culo.

«¡Sube!», pensé. «¡Arriba!».

La nave salió disparada hacia arriba y, tras elevarme en el cielo, el azul de este dio paso al negro de la estratosfera.

El radar mostraba que el crucero estaba totalmente destruido, pero también me dio lecturas de otros dos y del Amanecer Galáctico. Pero eso no me pareció tan importante como los cuatro puntos azules que pude ver: demostraban que mi tripulación seguía viva o, por lo menos, que sus naves seguían transmitiendo.

—¡Informad! ¡Todos! —dije.

—Esta… estamos bien —contestó Freddie.

—Yo estaba tan lejos que me he librado —declaró Alphonse.

—Yo estoy bien —se sumó Octavia.

Se hizo un pequeño silencio.

—¿Bolin? —pregunté.

No hubo respuesta.

—¡Bolin! ¡Contéstame, joder!

—Capitán… Hughes —dijo al fin, con debilidad.

—¿Te han herido? —preguntó Octavia.

—Sí —respondió en voz baja.

—Quédate donde estás —continuó ella—. Sigmond, ¿puedes recogerlo?

—Afirmativo —replicó la I.A.

Uno de los cruceros se estaba moviendo otra vez. Intentaba situarse delante del tercero; sin duda, para proteger las cápsulas de salvamento que iban llegando a su bodega de carga.

—Parece que tenemos más problemas —dije—. Siggy, ocúpate de Bolin. Los demás... no hemos terminado todavía.

—Capitán, soy Atenea. Todos los colonos están en Titán, a salvo —me informó—. Por favor, retírese a mi nave. Deje lo demás en nuestras manos.

—¡No hasta que Bolin esté en la Estrella! —repliqué—. ¡Que los demás los cubran! ¡Y en cuanto lo rescaten, salid de aquí!

—Comprendido —dijo Alphonse.

—Atenea, empieza a moverte hacia ese crucero —le ordené—. Interpón tu glorioso culo entre nosotros.

Nos movimos con rapidez, para alcanzar el crucero antes de que llegara a la posición de Bolin. Pero no pudimos impedir que lanzara una tanda de misiles; cada uno, con un objetivo independiente.

Octavia disparó su rayo y destruyó dos mientras Alphonse y yo nos ocupábamos del resto. Nuestros tres rayos se cruzaban, saltando de misil en misil mientras el crucero seguía soltando lo que parecía ser una potencia de fuego interminable.

La Estrella apareció a nuestra espalda y bajó la compuerta de su bodega de carga. Los sensores detectaron el lanzamiento de un cable de remolque hacia la nave de Bolin, que enganchó por la parte delantera. Sin embargo, llevarla al interior de la Estrella llevaría algún tiempo; quizá, demasiado.

Activé el comunicador y dije:

—Siggy, ponme con el Amanecer Galáctico.

—Sí, señor. Por favor, espere un momento —dijo Sigmond, y calló durante unos segundos—. Adelante, ya puede hablar.

—General Brigham, soy el capitán Hughes, de la Estrella Renegada. Ordena a tus cruceros que se retiren.

El holo cambió, y me mostró la cara y el torso de Brigham.

—Ah, estás ahí, capitán. Por fin decides rendirte. Mejor tarde que nunca.

—Cierra la boca y escucha, Brigham. Si no os retiráis, esa nave con forma de luna os va abrir un agujero en la boca del estómago. ¿Me estás oyendo?

—Si esa cosa pudiera atacar, ya lo habría hecho —contestó, sacudiendo la cabeza—. No, creo que estás en las últimas, capitán.

Yo suspiré.

—Atenea, ¿podrías…?

Antes de que pudiera terminar la frase, un rayo golpeó el casco del Amanecer, abriendo otro vórtice. La nave del general empezó a ventilar atmósfera, mientras sus sistemas automáticos intentaban sellar toda esa sección.

—Hecho —dijo Atenea.

Rápidamente, comprobé la posición de Titán. Cada vez estaba más cerca de nosotros, pero no tan lejos del Amanecer como para no poder disparar de nuevo, llegado el caso.

—¿Has visto eso? —pregunté al hombre del holograma—. Venga, ponme a prueba otra vez.

Los ojos del anciano brillaron con un atisbo de terror durante una fracción de segundo, pero volvió enseguida a su habitual aplomo.

—Ordene al comandante Braxin que cese el fuego.

—Pero señor… —dijo alguien que yo no pude ver.

—¡Ordéneselo! —insistió el general.

—Así me gusta —intervine yo, sonriendo.

—Capitán, escúchame un momento. Si no te entregas, la Unión no te dejará de perseguir. Si hace falta, te daremos caza eternamente. Estás arriesgando la vida de muchas personas con tu empeño por…

—¿Por qué? —lo interrumpí, acercándome al holo—. ¿Por mantener a mi tripulación a salvo de ti?

—Desafiar a la Unión no es una solución viable a largo plazo, capitán. Si me mataras aquí y ahora, enviarían otras flotas en tu busca —dijo, sacudiendo la cabeza—. De hecho, ya están de camino.

—¿Otras flotas?

—Exacto, Hughes. Nada de lo que hagas ahora o en el futuro evitará lo que está por venir. La Unión tendrá su presa, aunque le cueste una armada entera. Y, cuando el polvo se haya asentado y todo el mundo esté muerto, esa arma a la que llamas *niña* volverá a ser nuestra. Te perseguirán hasta los confines de la galaxia, si no más lejos.

Mis hombros estaban tensos, y se me había hecho un nudo en la garganta. ¿Hasta los confines de la galaxia? ¿Tendría que seguir huyendo hasta el fin de mis días? No, debía encontrar la forma de escapar de aquella estupidez; una forma de acabar con la Unión o de devolverla al agujero del que había salido.

—Puede que tengas razón —dije en voz baja—. Puede que ganéis al final, que yo muera mañana y que todo se acabe, pero mañana no es hoy —añadí, sonriendo con suficiencia—. Hoy eres tú el que ha perdido.

En ese instante, cinco haces azules surgieron de Titán y se unieron en un rayo único que salió disparado hacia el segundo crucero.

La parte inferior de la nave se separó entera, con sus doce cascos abiertos como un pez fileteado.

Mientras el rayo se disipaba, Titán disparó un haz muy diferente, que enganchó a la Estrella y la llevó al interior de la luna con su nuevo pasajero.

El resto la seguimos a toda prisa poniendo pies en polvorosa. Mi radar captó varios disparos procedentes del tercer crucero: eran misiles e iban hacia nosotros.

Sin embargo, yo ya estaba dentro del escudo protector de Titán cuando los misiles impactaron en él. Y antes de posar mi maldita nave de asalto, ordené a Atenea que abriera un túnel nuevo y nos sacara de allí.

—Activando motor de deslizamiento —dijo la cognitiva—. Manténganse a la espera.

El túnel se formó en cuestión de segundos, sajando la oscuridad y sustituyéndola por una luz de color esmeralda. Metí mi nave en la bodega de carga, con el túnel a mi espalda. Después de pasar varios días en el subsuelo, me pareció una imagen digna de verse. Quería descansar y comerme algo caliente o beber algo contundente; pero, sobre todo, quería ver a mi tripulación.

Titán entró enseguida en el túnel, sin bajar los escudos. El tercer crucero insistía en lanzarnos todo lo que tenía.

Pero ya era tarde. Cuando los nuevos misiles alcanzaron el escudo, ya estábamos a punto de desaparecer.

El vórtice del túnel se cerró en pocos minutos, bloqueando el paso del enemigo durante un tiempo indeterminado.

Tras posar y asegurar mi nave, bajé la cabeza, cerré los ojos e intenté controlar mi respiración.

—Infórmame de la situación, Atenea —dije.

—Todos los pasajeros están a bordo.

—¿Y Bolin?

—Abigail Pryar y Frederick Tabernacle lo han llevado a una cápsula médica.

—¿Está vivo?

—Sí —respondió, y yo me relajé al instante—. No se preocupe, capitán. Se recuperará.

En ese momento, vi que varios colonos corrían por la bodega de carga. No podía creer que lo hubiéramos conseguido. Todos estaban vivos y coleando.

Y justo entonces, oí una carcajada.

—¡Señor Hughes!

Me giré y vi a Lex, que corría hacia mí con los brazos abiertos. Me golpeó tan fuerte que estuve a punto de caerme de espaldas, pero me alegró.

—Tranquila —dije entre risas.

Ella sonrió y me abrazó con toda la fuerza de una niña.

—¡Has vuelto! ¿Dónde te habías metido? ¿Por qué has tardado tanto?

Yo noté la tensión de su voz, su preocupación y su alivio, todo junto a la vez. Demasiadas emociones para una niña.

Di un paso atrás para poder mirarla y me agaché.

—Lo siento, niña. Me perdí y tuve que encontrar la forma de volver a casa.

Su labio inferior tembló, y sus ojos se llenaron de lágrimas cuando volvió a pasar sus bracitos alrededor de mi cuello.

—¡Pensaba que no volverías! Pensaba que… No sabía si…

Yo carraspeé, le di una palmadita en la espalda y dije:

—No pasa nada. Tranquila. Ya estoy aquí, Lex. Todo va a salir bien.

—¿De verdad? —preguntó, apartándose de mí para poder mirarme.

Yo asentí.

—¿Te he fallado alguna vez? —dije con una sonrisita—. ¿Sabes con quién estás hablando, niña?

Lex rio y me volvió a abrazar.

Alphonse, que estaba charlando y riendo con uno de los colonos a cierta distancia de mí, me miró y saludó. Lex y yo le devolvimos el saludo, y la niña corrió hacia él mientras yo me daba mi tiempo tomando el pulso a la sala. Había mucha gente, muchos supervivientes. No sabía qué íbamos a hacer con ellos, pero estaba seguro de que encontraríamos la forma de aquello funcionara.

Mientras caminaba hacia Alphonse, me di cuenta de que una de las naves de asalto estaba activa, y de que su escotilla se estaba abriendo lentamente. ¿Serían más colonos? ¿Cuántos eran?

Seguí andando hacia el enorme grupo de personas, que se abrazaban las unas a las otras; pero no aparté la vista de la nave, y alcancé a ver que solo llevaba un pasajero y que tenía el mismo uniforme que Alphonse.

Y entonces, vi una cara que no esperaba ver.

Era Octavia, caminando sobre sus dos fantásticas piernas. Sonriéndome desde el otro lado de la vieja bodega de carga.

La bodega de carga siguió sumida en el caos mientras mi tripulación se afanaba por llevar a todo el mundo a sus camarotes. Titán tenía espacio más que de sobra para acomodar a los colonos, y no me pareció que hubiera motivo alguno para tenerlos apretujados en el mismo sitio.

Unos pocos se quedaron allí para coordinar la situación conmigo. Karin quería hablar sobre lo que íbamos a hacer a continuación. Como si yo tuviera un plan o algo así.

—No sé qué quiere exactamente que le diga —comenté—. Acabamos de salir de ese planeta, y por los pelos. Concédase un momento y alégrese.

Octavia había llevado a Lex con Abigail, porque la niña ardía en deseos de verla. Alphonse se había quedado conmigo, y escuchaba atentamente a nuestra nueva amiga, sin decir nada.

—Mi gente ha dado una buena paliza a ese general Brigham y su Unión —dijo Karin—. Janus era un buen amigo.

Yo noté el conflicto que denotaba su voz: el paso del enfado al alivio. Lo había sentido muchas veces.

—Janus ha hecho lo que tenía que hacer. La decisión era suya. Tendrá que aprender a vivir con ello.

Ella bajó la mirada.

—¿Qué pasará ahora?

—No lo sé —dije, sacudiendo la cabeza—. Hemos tenido suerte, pero no podemos seguir huyendo. Al final, uno de los bandos tendrá que perder.

Karin entrecerró los ojos.

—No será el nuestro —afirmó—. Dígame que usted también lo cree, capitán.

—Por supuesto que lo cree —intervino Alphonse, rompiendo su silencio—. Nadie sobrevive tanto tiempo sin tener esperanza.

Karin me miró con curiosidad.

—¿Eso es cierto?

Por cierto que fuera, yo no podía prever lo que iba a pasar. Solo era un renegado de Epsy que se había visto envuelto en algo que no buscaba. Pero no iba a huir, no iba a renunciar a todo por lo que había luchado.

—Plantaremos batalla —aseguré a Karin—. Y no tengo intención de perder.

Ella sonrió. Sus dudas habían desaparecido.

—En ese caso, puede tener la seguridad de que cuenta con nuestra ayuda.

—¿Me está preguntando si se pueden quedar?

—¿Es que no tienen sitio? —preguntó, arqueando una ceja.

—Seguro que los podemos meter en algún lado.

Alphonse señaló el brazo derecho de la mujer.

—¿Me permite? —dijo—. ¿Sus tatuajes son funcionales? ¿Puede manejar la antigua tecnología terrestre con ellos?

Karin asintió, se giró hacia atrás y tocó la nave de asalto más cercana. Sus luces internas se activaron.

—¿Contesta esto a su pregunta?

Alphonse sonrió.

—¿Puedo hacerle una sugerencia, Karin?

—¿De qué se trata?

El excondestable me miró y dijo:

—Capitán, ¿cuántas naves de asalto crees que hay aquí?

—No te sabría decir —contesté.

Alphonse echó un vistazo a la bodega de carga, y yo seguí su mirada con la mía.

—Pues puede que queramos averiguarlo —sentenció.

Allí, por toda la bodega, descansaban cientos de naves. Todas esperando, todas operativas y completamente armadas. Preparadas para el combate.

Solo necesitábamos pilotos.

Notas Del Autor

Escribo estas notas un par de minutos después de terminar el capítulo final de este libro, así que dejadme decir una cosa: guau, qué pasada.

Incluso antes de empezar a escribir la novela, ya era consciente de que quería contar una historia diferente de las del resto de la serie. Esta vez, los héroes tendrían que enfrentarse a algo más que humanos. Habría monstruos, y serían terroríficos.

En fin, esa era la idea, aunque no sabía cómo llevarla a cabo. Sin embargo, mientras escribía *Luna Renegada*, todas las piezas empezaron a encajar. Siempre me han interesado la ingeniería genética y las sociedades de tipo distópico (mi primera serie, *The Variant Saga*, explora los dos conceptos en profundidad), y tenía sentido estuvieran presentes en esta, pero de un modo distinto. Con los antecedentes de *Luna Renegada*, donde se habla del origen de Lex y los otros eternos, parecía lógico que el proceso se hubiera torcido en algún momento.

Por muy perfecta que la gente se crea, siempre será capaz de caer en la ambición desmedida, y los eternos no son distintos. O, al menos, esa era la idea general.

Lo que sucedió después fue ci-fi de terror por una parte y un descubrimiento, por otra. Mis series preferidas siempre han sido las que muestran «nuevos mundos y nuevas civilizaciones», llevan a lugares interesantes y revelan un secreto oscuro y profundo. Puede que los personajes sobrevivan, o puede que no; pero siempre hay un enigma que resolver, algo enterrado en el mundo que, la mayoría de las veces, conmociona la narración.

En este caso, nos encontramos con un grupo de personas acostumbradas a vivir en los escombros de una civilización que llevaba muerta mucho tiempo. Solo querían sobrevivir. Y también hay monstruos; pero, en cuanto los descubrimos, nos damos cuenta de que son más de lo que parecen.

Volveremos a ver a esos personajes, así como al resto de la tripulación. La Unión está a punto de dar una respuesta contundente, y Jace necesitará toda la ayuda que pueda conseguir.

Hasta entonces, gracias por leerme, renegados.

J. N. Chaney

Podium

DISCOVER MORE